ベリーズ文庫

王宮メロ甘戯曲
国王陛下は独占欲の塊です

桃城猫緒

STARTS
スターツ出版株式会社

目次

特別書き下ろし番外編

プロローグ　七年

高い高い天井には王家のシンボルである双頭の鷲《わし》のフラスコ画が描かれ、いかめしい目つきでリリアンを見下ろしている。

その高い天井に届きそうなほど巨大なアーチ形の窓からはキラキラと輝く太陽の光が降り注ぎ、室内を神々《こうごう》しいほどまばゆく見せていた。

まさに、この国の頂点に立つ男が御座《おわ》すにふさわしい崇高な部屋に、リリアンは間抜けなほどあぜんとした表情をして立っている。

「僕のこと忘れちゃった？　それとも見違えたかな。だいぶ身長も伸びたしね」

目の前の男は長いまつげに縁どられたコバルトブルーの瞳をにっこりと細め、彫刻のような整った顔にあでやかな笑みを浮かべている。その輪郭を包む少し癖のあるブロンドに陽光がきらめいて、まるで彼自身が輝いているように見えた。

王家の正装である濃紺の軍服に身を包み、国家君主たる証《あかし》の金の紋章を胸につけた彼は、ただひたすらに凛々《りり》しく麗しい。

しかしリリアンはこの美しい男を知らなかった。

涼しげな目もと、スッと高い鼻、形のよい唇、驚くほどけがれのない肌。男らしいのにどこか中性的な魅惑も兼ね備えている稀有《けう》なほどの美丈夫だ。一度会ったら絶対に忘れられないだろう。それなのに、生まれてから十七年間の記憶をいくらたどっても、リリアンはこんな青年に覚えはなかった。

けれど、ただひとつ。あり得ないと思いながらも、吸い込まれそうなほど青い瞳にだけ、心あたりがある。

そんなはずはないと思いながらも、恐る恐るその名を呼びかけてみた。

「……ギル……？」

まるでなにかの封印が解けたかのように、彼の彫刻のような顔がぱぁっと屈託なくほころぶ。

「ようやく思い出してくれたね。　会いたかったよ、リリー」

「う……嘘《うそ》でしょうっ⁉」

勢いよく抱きつかれた腕の中で、リリアンは叫ぶ。

嘘だ。そんなことはあり得ない、絶対。

だって彼は、私のかわいいギルは――。

混乱するリリアンの頭の中で、少女の頃の記憶がものすごい勢いでよみがえっていった。

今でも宝物のように胸の中で輝き続ける、あの〝七年前〟の記憶が――。

第一章　秘密だらけの幸福

「もうギルってば、またこぼしてる！　本当に下手くそなんだから！」

「ご、ごめん。リリー……」

白いテーブルクロスに紅茶の染みが点々とついたのを見て、リリアンは腰に手を当てわざと怒っているように見せた。

「ほら、貸して！　紅茶はこうやって入れるの。ギルみたいにおっかなびっくり注いでたら、全部こぼれちゃうわ」

ギルバートの手から白磁のティーポットを奪ったリリアンは、得意満面にカップに紅茶を注いだ。ルビー色の液体からフワリと芳醇《ほうじゅん》な香りが立ち込め、ギルバートは思わず目を細める。

「すごい、上手だね、リリー。さすが」

コバルトブルーの目をにっこりと細め、あどけない笑顔でパチパチと拍手するギルバートの姿は本当に愛らしい。金色の癖っ毛や白くすべらかな肌と相まって、まるで天使のようだ。

リリアンはこの少年の笑顔が好きだった。とくに、こんなふうに自分に向かって称賛を贈りながらうれしそうに浮かべる笑顔はたまらない。心の底から満たされた気分になってしまう。

だからつい、ギルバートの前ではなんでも得意げに振る舞ってしまうのだ。本当は自分だって彼に威張れるほど万能ではないくせに。

「まあね。それよりギル、従僕《じゅうぼく》のあなたが私よりお茶の入れ方が下手ってどういうこと？　もっと練習しなきゃ駄目じゃない」

ソーサーにこぼしてしまった滴をさりげなく手で拭いながら、リリアンは椅子に座り直した。

テーブルの上には入れたばかりの香ばしい紅茶に、蜂蜜入りのマカロン、チョコをかけたシュー生地、アーモンドヌガーのプラリーヌ、フルーツのコンフィズリーなどが並ぶ。

「うん、僕もっと練習するよ。だからリリーが教えて？　お茶の入れ方も……もっといろんなことも」

「仕方ないわねえ。ギルってば、本当に私がいなくちゃ駄目なんだから」

口ではあきれたように言いながらも、リリアンの顔はうれしそうだ。乳白色の頬にうっすらと赤みが差している。

そうして彼女はティータイムの手ほどきと称して、ギルバートを向かいの席に座らせ一緒にお茶とお菓子を楽しんだ。


リリアンの屋敷に小さな従僕がやって来たのは、数ヶ月前の春のことだった。

リリアンはモーガン子爵家の令嬢だ。王都から遠く離れた農村の邸宅に祖父とふたりで暮らしている。

両親はリリアンが五歳のときに馬車の事故で亡くなった。今は祖父のジェフリーが当主だけれど、このステルデン王国では女性の爵位継承が認められているので、いずれはリリアンが当主になる予定だ。

ジェフリーは王宮で宮廷官を務めていたらしいが、息子夫婦が亡くなった際に辞職して、以来リリアンとともに暮らしてくれている。

屋敷には穏やかな性格の祖父と数人の屋敷仕えがいるだけ。周りは畑と牧場ばかりという牧歌的で少し退屈な環境に囲まれながら、リリアンは安穏《あんのん》と十歳まで育った。

しかし、ある嵐の夜。モーガン邸に突然の来客があった。

小さな馬車が門の前に止まったかと思うとマントを羽織った人物が数人屋敷に駆け

込んできたのを、リリアンは自室の窓から見ていた。

それからなにやら一階が騒がしくなり、リリアンはなにかよくないことが起きているのではないかと不安でたまらなかった。窓の外は季節外れの暴風雨がガタガタと窓を揺らし、嫌な予感をかき立てる。

頭まで毛布にくるまり、神様に無事を祈りながら眠ったリリアンだったけれど——。

翌日、彼女は予想外の驚きに見舞われる。

「初めまして、リリアンお嬢様。今日からあなたのお世話をさせていただきます、ギルバートです」

朝、部屋に彼女を起こしに来たのはいつもの侍女ではなく、ブカブカのお仕着せを着た小柄な少年だった。

意味がわからず目をパチパチさせるリリアンに、ギルバートはあどけない笑顔をにっこり浮かべて、目覚めの紅茶と顔をふく布と水差しの乗ったワゴンを押して入ってきた。

「あなた……誰？」

「ギルバートです。今日からここで働かせてもらうことになりました」

なんの冗談だろうと思った。リリアンに向かって洗顔の布を差し出してくる少年は、自分よりも幼く見える。背も小さいし、まだ八歳くらいだろうか。本当に子どもだ。

いくらなんでも、こんな幼い子に従僕の仕事が務まるわけがない。ましてやいくら小さくたって彼は男だ。女である自分の身の回りの世話をさせるのも嫌だった。

しかし。

「ギルバートは知人の子なんだ。しばらく預かることになってな。家族だと思って仲良くしてやってくれ」

リリアンの訴えを、祖父はのんきな笑顔でかわした。

どうやら昨夜やって来たのは彼らのようで、屋敷にはほかにもロニーという青年の従僕が増えていた。ギルバートと兄弟なのかと思ったけど、どうやら違うらしい。

なんだか得体の知れない少年が近くにいることに最初は抵抗のあったリリアンだけど、それはすぐさま払しょくされた。

素直であどけないギルバートの存在は、リリアンの退屈だった日常を一変させたからだ。

今まで同年代の子がほとんどいない環境で育ったリリアンにとって、ギルバートの存在は新鮮だった。童話の話で一緒に盛り上がったり、全力で鬼ごっこをしてくれたり、お人形遊びを飽きずに何時間でもしてくれる相手など初めてである。

リリアンが草笛の吹き方を教えてあげたときにはギルバートは目をキラキラさせて感心してくれたし、レンゲで花輪を作ったときなど「すごい！」と何回も繰り返し、手を叩《たた》いて褒めてくれた。

リリアンはいつの間にかギルバートがかわいくてたまらなくなった。もし弟がいたらこんな感じだったのだろうか。

日の光を浴びてキラキラ輝くやわらかな金髪。快晴の空のように青い瞳。無垢《むく》であどけない笑顔。体は細身で少し頼りないけれど、それがかえってリリアンの庇護《ひご》欲をかき立てた。

「今日はギルにウサギの捕まえ方を教えてあげるわ。山へ行くからついてらっしゃい」

「うん！　リリーは本当にすごいなあ、なんでも知っててなんでもできちゃうなんて」

ふたりの関係は令嬢と従僕というよりは姉と弟、あるいは本当に仲のいい友達のようだった。そんなふたりの姿を見て、祖父のジェフリーもギルバートとともに現れたロニーも幸福そうに目を細める。

「――話に聞いていたよりお元気そうじゃないか、殿下は」

「リリアン様のおかげです。長年おそばに仕えておりますが、殿下のあのようにくつろいだお姿は初めて見ました」

居間の窓から、山へ向かって駆けていく小さなふたりの姿を眺めて、ジェフリーとロニーはそう語る。

「いっそ、このままここで暮らしてもよいのではないか？　権力ばかりが幸福ではない。なにもなくとも、温かい食事と大切な人がいるだけでも、幸福は十分得られるものだ」

しみじみとした声で語ったジェフリーの言葉に、返事はなかった。振り向くと、ロニーは複雑な感情を押し殺すように唇を噛みしめている。

ジェフリーはそれを見て小さく首を横に振った。

「余計なことを言ったな、ミレーヌ様のお心に背くものだった。忘れてくれ。年を取るとどうも言動が保守的になる」

居間にはしばらく沈黙が落ちた。窓の外では大人たちの思惑を知らないリリアンとギルバートが楽しそうにはしゃいでいる。

ジェフリーとロニーは目を細め、それを切なそうに見つめた。

ギルバートとロニーが屋敷にやって来てから半年が経った。

ふたりが加わった生活にモーガン邸はすっかりなじんだけれど、なにやら最近はリリアンのようすがおかしい。

「ねえ、ギル。どっちのリボンがかわいいと思う？」

「……どっちでもいい」

ドレッサーの前に紫と薄緑のリボンを並べて眺めているリリアンは、ギルバートがふてくされた顔をしているのにもかまわずご機嫌だ。

最近のリリアンはずっとこうである。一日の大半を、どうやって自分をかわいく飾るか悩んでばかりだ。ギルバートはそれがとってもおもしろくない。それというのも。

「うーん、やっぱり紫にしようかな。だってこっちのほうが大人っぽいでしょ？

きっとロニーはこっちのほうが好きよ」

どうやらリリアンはロニーに恋をしてしまったらしい。

十歳の小さなレディは自分より十八も年上の青年従僕にどうやって振り向いてもらうか、そればかりを考えている。

ロニーは背の高いスマートな青年だ。黒髪をうしろできっちりくくり、いつだって礼儀正しい。切れ長の目が最初は少し怖いと思っていたけれど、慣れてくるとリリアンは、子どもの自分を一人前のレディ扱いしてくれるロニーにすっかり憧れてしまっていた。

恋を知りたがる年頃の少女が、洗練された大人の男に心引かれるのも無理はない話である。

リリアンはやわらかな栗色の髪をいつものおさげではなく、大人の真似をしたアップスタイルにまとめ、さっき選んだ紫のリボンで飾った。

「でーきた、っと。でもこの髪型だとやっぱりドレスが子どもっぽく見えるわね」

鏡の中の自分を見つめながら、リリアンは不満そうに小首をかしげる。そしてギルバートのほうに振り向くと、デイドレスの胸もとのボタンを外しながら言った。

「ねえギル、知ってる？　夜会で女の人はこんなふうに胸の開いたドレスを着るんですって。あーあ、私も早くそんなドレスを着たいなあ」

なんとか大人びた魅力を出そうとリリアンは四苦八苦しているが、それを見たギルバートの顔色がサッと変わった。

「な、なにしてるの！　リリー！」

おっとりした彼らしくない剣幕に、リリアンもさすがに驚いてしまう。

「なにって……、胸もとを開けたら少しは大人っぽく見えるかなーって」

「駄目だよ、はしたない！　レディは男にみだりに胸を見せるものじゃないよ！」

年下で頼りないと思っていた少年に叱責されて、リリアンは少しむっとしてしまう。

「なによ、ギルったら急に変なの。それに私の胸を見たギルがそんなこと言う資格ないわ」

思わぬ反論を受けて、ギルバートは返答に詰まった。

今や姉弟のように仲良くなったふたりは、時々一緒に水浴びや湯浴みをしている。最初は泥遊びで汚れた足を洗っていただけだったけど、ふざけているうちにふたりしてびしょ濡れになってしまい、結局一緒に裸になってしまったのだ。

以来、リリアンはギルバートに洗身の手伝いをさせると称して、時々一緒に湯浴みをしている。侍女たちはなにか言いたげだったが、結局とくに口を挟むことはしなかった。子ども同士だと思って大目に見てくれていたのだろう。

そんなリリアンの一糸まとわぬ姿を知っているギルバートが、男に胸を見せるななどと、どの口が言えようか。しかし。

「僕はいいんだ、特別だから。でもほかの男には絶対に見せちゃ駄目」

彼は開き直ったように強い口調で言うと、リリアンの開いた胸もとのボタンを閉じ直した。

「変なの。ギルのケチ」

なんだか納得がいかなかったけれど、気弱なギルバートが珍しく強く注意してきたことに気圧《けお》されて、リリアンは仕方なく言うことを聞いた。

しかし、リリアンのロニーに対する恋のアタックはまだまだ継続中である。

なんとか彼に振り向いてもらおうと生意気に口紅を塗ってみたり、ワルツの手ほどきをしてほしいと誘ってみたり、様々な策を凝らしている。

けれどギルバートに「口紅なんて似合わない」と反対された上に拭われてしまったし、ワルツに至ってはロニーでは身長の高さが合わず結局ギルバートが相手になっただけだった。

「……つまんない。なんにもうまくいかないわ」

今日もリリアンはロニーを中庭のお茶会に誘ったのだけど、仕事があるからと丁重に断られてしまった。彼はジェフリーの身の回りの世話だけでなく、仕事の手伝いもしているらしいので、わがままを言うわけにもいかない。

すっかりいじけて自室のベッドに寝そべるリリアンを、いつものようにそばに仕えているギルバートがむくれた顔で見やる。

「もうやめたらいいのに。ロニーのどこがそんなにいいのさ」

リリアンは愛用の枕を胸に抱きかかえると、ゴロンと体を仰向けにしてベッドの天蓋を眺めながら言った。

「大人っぽいところかな。だってロニーってばとっても紳士でしょ？　ほかの従僕たちはみんな私を『お嬢様』って子ども扱いするのに、ロニーだけは『リリアン様』って呼ぶのよ。それに挨拶のとき、手にキスまでしてくれたの。素敵よねぇ」

うっとりしたまなざしで思いを語ったリリアンだったけれど、ふいにベッドが軋《きし》んだのを感じて驚いてそちらに顔を向けた。

「そんなことで喜ぶんだ？　リリーって子どもだね」

気がつくと、ギルバートがすぐ隣に腰を下ろしていた。いや、リリアンの肩のそばに片手をつき、覆いかぶさろうとしている。

「ギル……？」

寝そべった体の上に、ギルバートの小柄な影が落ちる。理解する間もなく覆いかぶさってきたギルバートに唇を重ねられ、リリアンは頭が真っ白になってしまった。

押しつけては離れるのを三回ほど繰り返した後、いたずらっぽくリリアンの唇を軽く舐《な》めて、ギルバートはようやく体を離した。

「今日から『リリアン様』って呼んであげようか？」

上半身を起こしたギルバートの表情は、まるで別人に見えた。いつものあどけなさは欠片《かけら》もなく、キラキラした天使のような瞳は、今は獲物を見つけた肉食獣のようにギラついている。皮肉げに上げた口角はまるで大人の男で、リリアンの心臓は痛いほど加速を始めた。

しばらく呆然《ぼうぜん》とした後、リリアンはすみれ色の瞳いっぱいに涙を浮かべた。突然キスされた驚きと、いつもと違うギルバートの雰囲気に、心が追いつかない。

枕をかかえたままヒックヒックと泣きだしたリリアンを見て、ギルバートは飛び上がるほど驚いた。さっきまでの妖しい雰囲気を一変させ、いつもの気弱な少年に戻ってオロオロする。

「わあぁ、ごめんねリリー！　ちょっと驚かせたかっただけなんだよ、ごめんね」

「ギルの馬鹿……っ、ギルなんか嫌い……」

「だってリリーがロニーのことばっかり言うからぁ……」

眉を八の字に下げて、今度はギルバートのほうが泣きそうな顔になる。

結局ギルバートが半泣きで謝ってもリリアンは許してくれず、このけんかは三日ほど続くことになった。

キス事件以来、リリアンは少しだけ変わった。

ギルバートと仲直りはしたものの、もう一緒に湯浴みをすることはなくなったし、夜中にこっそりギルバートを連れ出して自分のベッドへ引っ張り込み内緒話をすることもやめた。

相変わらずギルバートは頼りなくて、かわいらしい弟みたいな存在だ。でも以前と違って、ふたりきりでいると時々落ち着かなくなってしまう。

意識をするようになってリリアンは初めて気づいた。彼の水晶のように澄んだ瞳が、いつだってリリアンを追いかけていることに。

（ギルって、私のこと見すぎ……）

なにをしていたって、離れているときでさえ窓越しに、ギルバートの青い目はリリアンを映している。そして彼女の一挙一動に対して穏やかになったり、ひそかな苛立《いらだ》ちを浮かべていたりするのだ。

それに気づくとなんだか熱い視線で射られているようで、リリアンは落ち着かなくなってしまうのだった。

「――そこでお城のお姫様は……、ってギル？　なにしてるの？」

ある日、ソファで隣り合ってギルバートに童話を読んであげていたリリアンは、ふと彼の手が自分の髪をうしろからなでている感触に顔を上げた。

「ん？　気にしないで。リリーの髪、触ってると気持ちいいからなでていたいんだ」

無邪気な笑顔で言うギルバートに、なんだか胸がドキドキしてしまう。

以前だったら、そんな甘えたことを言う彼をかわいいと思っただろう。けれど今は気持ちがソワソワしてしまって仕方ない。

すっかり顔が熱くなってしまって、本をどこまで読んだのかわからなくなってしまった。慌てて文字を目で追って続きを読もうと焦っていると。

「……リリーは髪も体も、やわらかいね」

隣のギルバートが甘えるようにきゅっと抱きついてきた。

リリアンの加速していた心臓が、大きな音を立てて飛び出しそうになる。

「ギ、ギル……！　今は読書中よ……！」

なぜだか、あのキスのときに見せた別人のようなギルバートの姿が頭に浮かんで、体が緊張してしまう。いつものようにお姉さんぶって彼をたしなめることができない。

「少しだけ、くっついていたい」

まるでリリアンの動揺を読んでいるように、ギルバートは抱きしめる手をゆるめなかった。それどころか背中と腰に手を回し、器用にリリアンの上半身を自分のほうに向けてしまう。

そうして向かい合った形になって、ギルバートはしっかりとリリアンの体を抱きしめた。

肩に寄せられた金色の髪がふわふわと頬に触れてくすぐったい。ギルバートの体は小柄だけど、決して華奢《きゃしゃ》ではなかった。服越しにでもしっかりした骨格が感じられて、きっと将来は長身になるだろうことがうかがえる。そんな男らしさに気づいてしまって、リリアンはますます顔を赤くした。

「ギル……もういいでしょう？　離れて」

ドキドキする胸が苦しすぎて、リリアンが彼の体を押し離そうとしていると。

「ねえ、リリー。お願いがあるんだ」

ギルバートが意外なことを言いだして、リリアンはキョトンとして手の力をゆるめた。

「これから何年経っても、なにがあっても、僕以外の男を好きにならないで。お願い」

「え？」

あまりに突飛なお願いに、なかなか思考が追いつかない。けれど、ギルバートの声は真剣そのものだ。

「約束して。リリーは誰のものにもならないって。僕のことだけを、ずっとずっと好きでいて」

そんなことを言われても、困ってしまうとリリアンは思った。

自分はまだ子どもだ。これから先どんな人生を送るかなんてわからない。ギルバートのことは大好きだけど、だからといってほかの人を好きにならずに生きていけるかなんて、神様にでも聞かなくちゃわからない。けれど。

「僕もずっとリリーだけを好きだって誓うよ。だから、お願い」

肩から顔を離してこちらを見つめてくるギルバートの瞳は切ないくらいに一生懸命で、見ているとと泣きたくなってしまう。

「……わかったわ。私、ギルのことだけを好きでいる。約束ね」

無責任かもしれない、こんな守れるかわからない約束を交わしてしまうなんて。

それでもなんだかうなずかなくてはいけない気がして、リリアンは彼の瞳をじっと見つめ返して誓った。

「ありがとう、リリー。……大好きだよ」

安心したように微笑《ほほえ》むギルバートの顔は、窓から差し込む西日に照らされて金色に輝いているように見えた。まばゆいほど無垢で麗しいその笑顔を見ていると、リリアンはたった今交わした約束が、たやすいことのように思えてくる。

ギルバート以上に魅力あふれる男の子になんて、きっとこの先会えないような気がする。

そう思うと、彼を一番好きでい続けることは、なにも難しいことだとは思えなかった。


リリアンがその約束に込められた意味も、ギルバートの本当の姿も知らないうちに、別れは唐突に訪れた。

それは彼がこの屋敷に来てもうすぐ一年が経とうかという春。

朝もやの晴れない早朝の農道に、数台の馬車の車輪音が響いた。

まだ夢の中にいたリリアンは、屋敷の前に六頭立ての立派な馬車が止まったことを知らない。そしてスヤスヤと眠るリリアンの唇に、ギルバートがそっとキスをしに来たことも。

「またね、リリー。約束、守ってね」

眠っているリリアンにそう告げて、ギルバートは静かに部屋を出ていった。

そして、呆気《あっけ》ないほど突然に、ギルバートはリリアンの世界からいなくなってしまったのである。

「ギルの馬鹿、馬鹿、馬鹿ぁっ！」

目が覚めてからギルバートとロニーがいなくなったことを知ったリリアンは、部屋の枕に、クッションに、ベッドに、八つ当たりした。

ジェフリーの説明によると、ギルバートの家の都合で急に帰らなくてはいけなくなったのだという。けれど、その〝家〟がどこにあるのか、いったいどんな都合なのかはジェフリーも屋敷仕えの者も、誰も教えてはくれなかった。

リリアンはギルバートのことをなにも知らない。

ある日突然、従僕として現れた男の子。フワフワの金髪と青い瞳がまるで天使のように愛らしくて、リリアンのことが大好きな甘えん坊。

従僕の仕事はあまり上手ではないけれど、リリアンを喜ばせることはこの屋敷で誰よりも得意だった。

――たった、それだけ。

ギルバートは出身地も、どんな家族構成かも教えてくれなかった。それどころか彼は姓すらも名乗ってくれなかったのだ。リリアンも最初は聞きたがったけれど、質問するたびに彼が困った顔をするので、やがて尋ねるのをやめた。

誕生日も教えてくれなかったことは不満だったけど、そのかわりリリアンはギルバートがこの屋敷に来てから一年目の日を祝ってあげようと思っていたのだ。

手紙を書いて、ギルバートの名前を刺しゅうしたハンカチを用意して、当日は彼の好きなミルクのブランマンジェをシェフと一緒に作ろうと計画していた。あとたった半月後のことだった。

リリアンはギルバートに贈るはずだったハンカチを胸に抱きしめてわんわん泣いた。こんなに悲しくて寂しいのは生まれて初めてだと思った。父母が亡くなったときもたくさん泣いたけれど、あのときは幼かったからここまで感情が複雑ではなかった気がする。

でも今は違う。彼を失ったことによる悲しさや、黙って突然いなくなったことに対する悔しさが込み上げてくるのだ。そして、あまりにも幸福だった日々の思い出があるからこそ、いっそう深い寂しさを感じさせる。そして。

『リリー、大好きだよ』

ギルバートの笑顔が、触れ合ったときのぬくもりが、忘れられない。

泣いても泣いても癒やされることのないこの胸の痛みが、〝失恋〟というものだとリリアンが知るのは、まだまだずっと先のことだった。

第二章　王宮戯曲

ギルバートが突然姿を消した日から年月は流れ、リリアンは十七歳になっていた。

やわらかな栗色の髪は背中まで伸び、咲き初《そ》めのスミレを閉じ込めたような瞳はそろったまつげに縁取られ、形のいい艶やかな唇と相まって、リリアンはお人形のようにかわいらしい面立ちの女性に成長していた。

体だってもう立派なレディだ。しなやかに伸びた手足と女性らしい丸みを持った肢体は実に蠱惑《こわく》的である。ドレスアップして舞踏会に出れば、間違いなくあまたの男性から声がかかることだろう。

しかし。リリアンは十七歳にもなって、まだ社交界デビューをしていなかった。

彼女の暮らすステルデン王国では通常、貴族の娘は十六歳になったら教区の司祭の拝謁を賜ってから社交界デビューをする。

けれど拝謁を賜るには寄付金が必要だ。それは貴族にとってはほんのささやかな額だけど、今のリリアンにそれを用意するだけの余裕はない。

モーガン家は没落していた。

二年前、突然屋敷に不穏な男たちが押しかけてきたかと思うと、亡くなった父母が借金を残していたという書類を突きつけ、あっという間に屋敷中の財産を奪っていったのだ。

父母が亡くなって十年も経つのに、今さらそんなのはおかしいとリリアンはあらがったが、祖父のジェフリーは悔しそうにしながらも『今は耐えなさい。神様は必ず正しい者の味方だ』と言って、この不条理な状況を受け入れた。

金銭どころか家財や土地の権利書まで奪われ、モーガン家はもはや古びた屋敷を残すのみで一切合切《いっさいがっさい》を失ってしまった。屋敷仕えも皆解雇し、ジェフリーは知り合いを頼って日々の食材を手に入れ、リリアンはいや応なく家事を請け負う羽目になった。

リリアンは悔しくてたまらない。田舎暮らしとはいえ子爵令嬢としてなに不自由なく育ち、貴族としてふさわしい気品と教養を身につけてきたのに。いきなり小間使いのような生活におとしめられて、納得できるはずがない。

けれど嘆いたところでどうにもならず、リリアンはせっかくの麗しい少女時代を家事に費やすことになり、憧れの社交界デビューさえも迎えられないまま十七歳になってしまった。

ようやく雪どけの季節が訪れたある日。

リリアンは庭に芽吹き始めた雑草をひとりで刈っていた。

老朽化の進んだ建物とはいえ、広さだけはそれなりにある。庭もひとりではとても手入れしきれず、あちこちに雑草が生え花壇の花は枯れ、生け垣の樹木は枝が伸びっぱなしのひどいありさまだ。

けれど、だからといって放っておくこともできない。少しでも庭を以前のように綺《き》麗《れい》にしたくて、リリアンは一生懸命雑草をむしり取っていった。

この二年の間で彼女の手はすっかり荒れてしまった。慣れない炊事や洗濯でひび割れやあかぎれを繰り返しているうちに、手の甲はザラザラになり指先は潤いをなくして硬くなっている。とても貴族令嬢の手には見えない。

（こんな手じゃ、舞踏会で手を取って踊ってはもらえないわね……舞踏会に出る予定もないけど）

そんな自虐的なことを考えて皮肉な笑みが浮かぶ。もはや惨めすぎて涙も出ない。

こんなとき思い出すのはいつだって七年前のことだった。

（ギルは元気にしてるかしら……）

リリアンの人生の中で一番幸福で一番輝いていた時期、それは十歳の少女の頃だ。

平和でちょっぴり退屈だった日常にギルバートという天使が舞い降りてきた一年は、本当に毎日が楽しかった。

お姉さんぶって彼にいろいろな遊びを教えたこと、一緒に夢中になって童話の本を読んだこと、ふたりで山に入って泥んこになって遊んだこと、こっそり同じベッドで寝たこと。そして——忘れられない、初めてのキス。

子どもの頃の出来事だというのに、思い出すとリリアンは今でも胸が高鳴る。

あのときは驚きのあまり泣いてしまったけれど、今となっては彼が唇を奪ってくれてよかったと思う。社交界デビューもできないこんなありさまでは、とうてい恋愛も結婚も無理なのだから。

子どもの頃のほんの出来心でもいい。ロマンチックな思い出ができたことは、この先きっと男性と無縁の生活を送る心の支えになるだろう。

リリアンはそう思って自分を励ました。

あれから七年もの月日が経った。きっとギルバートは優美な青年になっているに違いない。たしかリリアンよりふたつくらい年下だったはずだから、今頃は寄宿学校の生徒にでもなっているのだろうか。それとも家督なり家業なりを手伝って暮らしているのだろうか。

背は伸びただろうか、好き嫌いはなくなっただろうか、今でも雷を怖がっているのだろうか、紅茶は上手に入れられるようになっただろうか……。そんなことが次々と頭に浮かんできて、リリアンはいつの間にか顔をほころばせる。

降って湧いた不幸な境遇の中で、ギルバートのことを考えるときが唯一リリアンの安らぎのときだった。そして。

「会いたいな……ギル……」

最後は必ずその思いにたどり着いた。

リリアンがギルバートに思いを馳《は》せながら草むしりを続けていると、馬車の車輪が近づいてくる音が聞こえた。しかも農馬車ではない。四頭、いや六頭立てだろうか。ずいぶん大きな馬車の音だ。

この付近でなにかあったのだろうかと思い、立ち上がったリリアンは、屋敷の正門前にぴたりと馬車が止まったのを見て目を丸くする。

さらに驚くことに、馬車は六頭立ての大型のものを先頭に中型の馬車も二台引き連れ、さらには警備の騎馬隊までゾロゾロと連れていた。こんな大仰な隊列は見たことがない。

いったい何事かと正門前まで駆けて行ったリリアンは、馬車の車体についている紋章を見て驚きのあまりひっくり返りそうになった。

双頭の鷲と翼が描かれたエスカッシャン。威圧感さえ覚えるその大紋章は、まごうことなきステルデン王国・イーグルトン王家のものだ。

「ど、どうして王家の馬車がここに……？」

祖父のジェフリーは元宮廷官だけど、リリアンは生まれてこの方王都にすら行ったことがない。王家などとまったくかかわりのない人生を送っていたのだ。

リリアンがポカンとしていると、馬車から軍服を着た壮年の男とデイドレスをきっちりと隙なく着こなした白髪の女性が降りてきた。そして衛兵をぞろぞろと引き連れてリリアンの前までやって来る。

「モーガン子爵家ご令嬢、リリアン様でいらっしゃいますね？　突然の訪問、お許しください。わたくしはステルデン王宮侍従長セドリック・ケインズと申します。本日は国王陛下の勅命にて、リリアン様をお迎えに参りました」

軍服姿の男が恭《うやうや》しく目の前で頭を下げるのを、リリアンは目も口もまん丸に開いたまま見ていた。さっぱり意味がわからない。どうして王宮から、しかもこんな丁寧に迎えが来るのだろうか。

あまりに現実味のない状況にリリアンがただ立ち尽くしていると――。

「……口っ！　口を閉じなさい、はしたない！」

「へ？　えっ？」

セドリックの隣に立っていた初老の女性が突然厳しい声で叱責してきた。

リリアンは自分が叱られたのだということを理解するまで、数秒の時間を費やした。

突然王宮の者が迎えに来たと思ったらいきなり叱られて、頭が混乱してくる。

「落ちぶれたとはいえ貴族令嬢、それも花も恥じらう年頃の娘がなんですか。口をそんなにポカンと開けて、みっともない。人前に出るときはもっと表情を引きしめて、口を開けるときは扇でお隠しなさい」

「……は、はい」

女性の剣幕に圧《お》されて、わけもわからずリリアンは返事をしてしまった。そして言われた通りに口を引き結び背筋を伸ばすと、女性は「よろしい」と言って納得したようにうなずいた。

「まあまあ、ドーラ夫人。突然のことでリリアン様は面食らわれているのですよ。落ち着かれるまでは、少しお手やわらかに」

セドリックが困ったようになだめたけれど、初老の女性は意に介するようすもなく一歩前に出て、スカートの裾をつまみ完璧なお辞儀を見せた。

「あー、紹介いたします。こちらはイーグルトン王家の流れをくむローウェル公爵家のドーラ夫人。王宮で女官長を務めております」

「ドーラ・ローウェルです。お見知りおきを」

セドリックの紹介を受けて名乗った初老の女性は、どうやら大貴族の夫人のようだ。しかも女官長ともなれば礼儀にうるさいのもうなずけるが、どうして自分が叱られる羽目になったのかはリリアンはわからない。

けれど彼女の目がキッとこちらを見据えたことに気づいて、リリアンも慌ててスカートをつまみ、膝を曲げる。

「リ、リリアン・モーガンです」

二年前までは練習していた宮廷風のお辞儀を一応してみせる。もっとも、草むしりで汚れたエプロンドレスには、到底似つかわしくないが。

「セドリック卿！」

すると、屋敷の玄関からジェフリーが杖《つえ》をついて出てくるのが見えた。三年前に腰を悪くしてから、ジェフリーはひとりではうまく歩けない。リリアンが慌てて祖父に手を貸しに行こうとすると、それより早くセドリックがジェフリーに駆け寄った。

「ジェフリー殿！　ご無沙汰いたしております！　お迎えが遅くなって大変申し訳あ

りませんでした……！」

「いや、かまわない。それより、そうか……ついに殿下、いや、陛下が……」

「はい、先日無事に戴冠式《たいかんしき》を終えました。これもジェフリー殿のおかげです」

ジェフリーとセドリックはどうやら知り合いのようだ。なにか感慨深い話をしているようだけれど、どんな内容なのかリリアンには当然わからない。

「ねえ、お爺様《じいさま》。いったいどういうことなの？　どうして王宮から使いの方がいらしたの？」

疑問でいっぱいのリリアンが尋ねれば、すぐさまドーラが「殿方《とのがた》のお話に無遠慮に口を挟むものではありません」ととがめる。またしても意味のわからぬ叱責を受けてしまい、リリアンは拗《す》ねて小さく口を尖《とが》らせた。

けれどジェフリーは上機嫌でにっこりと破顔すると、リリアンに向き直って言った。

「苦労かけたな、リリアン。これでもう、なにもかも大丈夫だ」

湯浴みをし、まともなドレスに着替えて身支度を整えると、リリアンはジェフリーとともに例の王家の紋章が入った大型馬車に乗せられた。まさか王家の馬車に自分が乗ることになるなんて、思ってもいなかったリリアンは緊張でカチコチになってしまう。

しかもジェフリーと隣り合う自分の向かいの席にはドーラが座っているのだ。また叱責されるのではないかと思うと、嫌でも背筋が伸びた。

（息が苦しい……）

リリアンはドーラに気づかれないよう、そっと息を深く吐く。

まともなドレスは二年前から新調していない。そんなお金はなかったし、家事をするには不向きだったので、下女らが使っていたお仕着せのエプロンドレスをずっと着ていたのだ。

さすがに王宮に行くのにお仕着せをまとっていくわけにはいかず、リリアンはクローゼットをあさって一番まともそうなドレスを身につけた。けれど、十五歳から十七歳など最も体が成長する時期である。繕い直す間もなかったドレスは多少ボタンなどで調整が利いたものの、ローブの丈が少し短い。それに胸回りが窮屈すぎて、立派に育ったリリアンの胸は大きく開いた襟もとからこぼれてしまいそうだ。

「ねえ、お爺様。王宮へ行ってどなたとお会いになるの？」

なにが目的でどれくらい滞在するのかも教えてもらえないまま馬車に乗せられたリリアンは、同じ質問を何度も繰り返す。

しかしジェフリーは「王宮に着けばわかるさ」と笑うばかりで、なにも教えてくれない。当然リリアンの胸には不安が募るが、祖父がずっと上機嫌なのできっと悪いことではないのだろうと信じることにした。

そうして馬車で三日がかりで王都に着いたときには、リリアンはすっかりくたびれてしまっていた。なにせ途中の宿でもドーラはリリアンに対して目を光らせているのだ。

食事の仕方、挨拶の仕方、あげくには歩き方や笑い方にまで細かく注意をしてくる。いくら王宮の女官長とはいえ、どうして他人である自分にこんなに口うるさくしてくるのだろうかとリリアンは苛立った。けれどジェフリーはそれを見てもいっさい助け船を出さないどころか「未熟な孫娘で申し訳ない」と、ドーラに謝る始末だった。

そんな状況ですっかり気持ちを疲れさせてしまったリリアンだけれど、初めて見る王都の景色には胸が弾んだ。

モーガン邸のある農村地帯とはまるで違う。道には石畳が敷きつめられ、綺麗な住宅や店が建ち並び、貴族から商人までたくさんの人が町を行き交って活気にあふれている。

王都では大流行のカフェも、大通りに並ぶオイルランプの街灯も、店頭に並ぶ色とりどりの菓子も、リリアンは初めて目にする。自分の暮らしていた村と比べるとまるで夢の国のようで、好奇心に胸がときめくのを抑えきれなかった。

けれど、輝く瞳で馬車の外を眺めていたリリアンは、やがて所在なさげに身を縮めてしまう。

（……お、王都の人ってみんなすごくおしゃれ……。私、なんだかみすぼらしい……？）

王都は当然流行の発信地だ。町を歩く若い娘はこぞって最新式のドレスを着ている。ルダンゴトやフレンチジャケットと呼ばれる上着をドレスに合わせ、フィシューという肩掛けをまとい、手には皆ステッキや日傘を持っていた。

リリアンはうつむいてチラリと自分の格好を見やる。サイズも合っていないうえに、流行のジャケットも肩掛けも持っていない。そんな自分が急に恥ずかしく思えて仕方なかった。

やがて馬車は水路を渡って巨大な門をくぐり、王宮の敷地内へと入っていく。

ステルデン王国のオアーブル宮殿は周囲を水路に囲まれた小高い丘の上に建っていた。左右対称の巨大な宮殿は中央にドーム型の屋根を有し、外壁は彫刻をほどこした梁《はり》と三階分の高さがある巨大なつけ柱で飾られている。五階建ての白い外壁は延々と左右に伸びていて、部屋数はざっと八百はあるという。背後に広がる森は王家の狩猟区で、王宮から離れた森の手前には古びた離宮も建っていた。

リリアンは初めて目のあたりにする王宮の荘厳さに思わず息をのんだ。モーガン家の領地にある教区教会も大きな建物だと思っていたけれど、王宮はその比ではない。小さな集落なら丸ごと収まってしまいそうだ。

正面アプローチ前に止まった馬車から降り、リリアンはセドリックに案内されてジェフリーとともに宮殿に入った。

内装はこれまた見事なロココ様式で、金の装飾がまばゆい。驚くほど長く続く廊下には、数歩進むごとに金で縁取られた柱と天使や聖母の彫刻が並んでいる。見上げれば天井にも延々と宗教画が描かれていて、まるで美術館のような廊下だ。

足もとはモザイク柄の大理石でできていて、あまりの綺麗さに踏むのをためらってしまう。リリアンは王宮の豪奢《ごうしゃ》さに圧倒されながら、セドリックに遅れないよう歩みを進めた。

「こちらです」

セドリックが足を止めたのは巨大な観音開きの扉の前だった。両脇には衛兵が待機しており、物々しさを感じる。いったいこの部屋に誰がいるというのか、改めて緊張が走った。

「先にリリアン様だけお入りになるようにとのことです」

セドリックがそう告げたのを聞いて、不安がますます大きくなってしまった。初めて王宮に来た小娘に、いったいひとりでなにをやらせようというのだろう。

扉が仰々しく開かれ、セドリックとジェフリーに見守られながらゆっくりと中に進み入った。

大理石の床に敷かれたベルベットのカーペット、アーチ状の巨大な窓と王家の紋章が描かれたタピストリで飾られたその部屋は、どうやら謁見の間のようだ。

そして部屋の最奥の玉座に座っているのは――。

「リリアン、久しぶりだね」

波打つブロンドと青い瞳の涼やかな目もとを持った、類《たぐ》いまれなる美丈夫だった。

(だ……誰⁉)

リリアンは驚愕《きょうがく》する。いったいこの男は誰なのか。

整った顔立ちに隠しきれない高貴な気品。正装の濃紺の軍服が似合う男らしい肩幅と高身長。優美な雰囲気を持ちつつも男らしい魅力にあふれているこの青年に、リリアンは覚えがなかった。

けれど、嫌でもわかることがただひとつ。どうやら彼は——国王のようだ。

軍服に飾られている幾つもの勲章、階級章の中でひときわ目立つ金色の紋章、それはまごうことなき国王の証だ。

リリアンはこの国の王がこんなに若い男性であることを初めて知った。なにせモーガン家の領地は王都から離れた田舎である。おまけに最近は新聞を買うお金もなかったし、町へ出る機会もなかった。ほとんど屋敷にこもって家事に追われていたのだから、世間に疎《うと》いのも当然だ。

けれどなぜ国王が自分を呼びつけたのかはまったくの謎だ。しかも彼は今、親しみを込めて名を呼んだような。

頭が激しく混乱するけれど、とりあえずリリアンは落ち着くことを心がけてスカートをつまみ静かに膝を曲げた。

「南ステルデン・エオル領、モーガン子爵家長女リリアンです。国王陛下におかれましては、拝謁の機会を賜りまして恐悦至極に存じます」

緊張で声が裏返りそうになりながらこうべを垂れると、しばし沈黙が流れた。そして突然、おかしくてたまらないと言わんばかりに噴き出した笑い声が目の前から聞こえてくる。

「……くくっ、あははは っ！　すごいね、リリー。すっかり淑女だ。きみにそんなかしこまった挨拶をされる日が来るなんて思わなかったよ」

「……は？」

ケタケタと愉快そうな笑い声をあげているのは、なんと国王陛下だ。見目よい顔を屈託なく破顔させている。

信じられない光景にリリアンはポカンとするしかなかった。なにもかもが変だ。セドリックたちが屋敷に来てからというもの、ずっと自分だけが知らない世界が回っている気がする。

みんなに寄ってたかって謀《はか》られているようで、リリアンは思わず顔をしかめた。すると。

「僕のこと忘れちゃった？　それとも見違えたかな。だいぶ身長も伸びたしね」

国王はリリアンの前までやって来て、ぎゅっと両手を握ってきた。

リリアンよりずっと大きい手は温かく、男らしく骨ばっているけれどやわらかい。その感触に胸がドキリと跳ねた。男の人に手を握られるなど初めてだ。

驚いて思わず顔を見上げると、近い距離で視線が絡んだ。キラキラとした水晶のような瞳を見つめて、リリアンの頭に一瞬『まさか』という記憶が走る。

まさか。そんなはずはない。だってあの子は今、十五歳くらいの少年のはずだ。目の前の国王はどう見たって年上の青年で、二十歳くらいに思える。けれど。

「……ギル……？」

ありえないと思いながらも、震える声で呼びかける。

次の瞬間、握られた手がパッと離され、かわりに勢いよく抱きつかれてしまった。

「ようやく思い出してくれたね。会いたかったよ、リリー！」

「う……嘘でしょうっ⁉」

自分で呼びかけておきながら、リリアンは全否定で叫んでしまった。

なぜ従僕だったギルバートが国王なのか。それよりどうして彼は年齢を超越してしまったのだろうか。疑問だらけで頭がクラクラとしてくる。やはり自分は騙《だま》されているに違いないと思った。

しかし疑いの目を向けるリリアンに、ギルバートを名乗る国王はキョトンとして小首をかしげる。

「嘘ってなにが？　僕は正真正銘ギルバートだよ。まあ、きみには今日まで秘密にしてたからね。いきなり幼なじみが国王だなんて言われてもびっくりしちゃうか」

そうなのだ。なにも聞かされていないことがそもそも混乱の原因なのだ。

リリアンがコクコクとうなずくとギルバートは眉尻を下げてクスッと小さく笑った。

「ちょっと物騒な事情があってね。実は七年前、僕は命を狙われていたんだ。王宮から逃げざるを得なくて、王都から離れたきみのお爺さんに協力を仰いだんだよ。ジェフリーは僕にとって信頼できる筋の人だからね。そうして僕は人目を忍んで正体を隠し、状況が好転するまできみの家に厄介になってたってことさ」

なんとも大雑把な説明ではあったけれど、概要はつかめた。結局、リリアンだけがその事情を知らずギルバートを本当の従僕だと思っていただけだったのだ。

半分は納得したけれど、もうひとつ大きな疑問が残っている。それはどう考えても年齢のつじつまが合わないということだ。

そのことを尋ねようとリリアンが口を開きかけたとき。

「……ん？」

なにやらギルバートがリリアンに抱きついたまま妙な動きをしていることに気づいた。上半身を揺すり、まるで胸板でリリアンの胸をこねているような――。

「リリーすごいね。こんなに胸大きくなっちゃって、今にもこぼれそうだ。くっついてるだけで、変な気分になりそうだよ」

あっけらかんとんでもないことを口にしたギルバートに、リリアンはしばらく呆然としてしまった。しかしみるみるうちに顔が真っ赤に染まり、弾けるように彼の体を突き飛ばして腕の中から抜け出す。

「へ、へ、変なこと言わないでっ！　馬鹿っ！」

相手が国王ということも忘れて、思いっきりののしってしまった。男性と縁のない生活を送ってきたリリアンにとって、いきなり性的なことを言われるのはあまりにもショックだった。

胸を両腕で覆って涙目になってるリリアンに、ギルバートは困ったように微笑みかける。

「ごめん、またキスのときみたいに泣かせちゃうところだったね」

そのせりふに、リリアンは嫌でも彼が本物のギルバートであることを確信した。あのキスの出来事を知るのはふたりだけしかいない。やはり目の前の青年はギルバートで間違いないのだ。けれど。

「……ギル……。あなたって、幾つ……？」

どうしてもそれだけが納得がいかず尋ねたリリアンに、彼は驚くべきことをさらっと口にした。

「十九だけど？」

「ど、どうして⁉　だって、あなた――」

見た目通りの年齢を告げたギルバートにリリアンは食ってかかる。いったいどんな魔法を使ったら十五歳から十九歳まで超越してしまえるのか。

すると今度はどこかとぼけたような口ぶりで、ギルバートはもっと驚くことを告げてきた。

「薄々感じてたけど、リリーって七年前、僕のこと年下だと思ってただろう？」

「え？」

「僕、きみより年下だなんて一度だって言った覚えないけど？」

衝撃の事実に、リリアンの顔がサーッと青ざめていく。

記憶の糸を必死にたどってみれば、たしかに彼は自分の年齢を口にしたことがなかった。姓も誕生日も秘密にしていた彼は、年齢すらも教えてくれなかったのだ。

けれど、リリアンは当時のギルバートの小柄さとあどけなさから勝手に年下だと思い込んでいたのだ。きっと八歳くらいだろうと決めつけ、いつの間にか自分の中でそれが真実になってしまっていた。

「じゃ、じゃあ……七年前、一緒に暮らしてたときって……」

「きみが十歳で、僕は十二歳だったね」

リリアンはうっかりそのまま気を失いそうになった。

(十二歳⁉　十二歳って‼)

八歳と十二歳ではあまりにも違う。全然違いすぎる。

てっきりリリアンはギルバートをなにもわからない子どもだと思っていたのだ。だからお姉さんぶって得意げにいろんなことを教えてあげたし、なんの疑問も持たず一緒に風呂にだって入っていた。

けれど十二歳といえば第二次性徴の始まる年頃だ。もう異性と風呂に入ったり、一緒のベッドに潜っていい年齢じゃない。

「僕、子どもの頃はいい環境で育ってなくてね。だいぶ成長が遅れてたんだ。でもきみのところで暮らして、いっぱい太陽を浴びて体を動かすようになってから急激に身長が伸び始めたんだよ。おかげで今では将校に褒められるほど立派な体格になったんだ。後で見せてあげようか」

ギルバートの説明が耳をすり抜けていく。問題はそこではないのだ。理屈がわかったところで、昔の羞恥が消えるわけではない。

「ギ……ギルの馬鹿ぁっ‼」

異性を十分意識する年齢の少年に、自分は全裸を見せキスまで奪われてしまったのだ。無邪気な子どもの思い出では許されない。

目の前の麗しくも立派な〝男〟である青年と、七年前の無邪気な少年、そしてキスのとき一度だけ見せた妖しい雰囲気のギルバートの姿が、頭の中をぐるぐる回る。

ギルバートのことをものすごく異性として意識してしまって、心臓が痛いほど脈打っていた。羞恥の気持ちがどんどん湧いてきて、顔が熱くてたまらない。それなのに。

「なんで怒るのさ？　勝手に子ども扱いしてたのはリリーだろ？」

まるで彼女が動揺しているのを楽しんでいるように、ギルバートは含み笑いを浮かべて近づいてくる。そして、動転しているリリアンを再び腕の中に捕まえると。

「僕は全然かまわないけどね、リリーが僕を小さい子ども扱いしても。なんなら、今日も一緒に風呂に入って、一緒にベッドに潜ろうか？」

彼女の羞恥心を最大限に煽《あお》るせりふを、耳もとで吐いた。

次の瞬間。恥ずかしさと今まで真実を隠されていた怒りで頭が真っ白になってしまったリリアンは、自制心が働く前にギルバートの頬を思いっきり打ち払ってしまったのだった。

第三章　特別な幼なじみ

王宮に用意された客間で、リリアンはドーラ夫人から懇々とお説教を受けていた。

「今回のことは国王陛下が寛大なお心でお許しくださったけれど、本当ならばその場で首をはねられてもおかしくないことです。国家君主で国の太陽たるお方を平手打ちするなどあり得ません。今夜は寝ずに反省なさい、いいですね」

「はい……」

しょんぼりと顔をうつむかせながら、リリアンはか細い声で返事する。

さすがに相手がギルバートとはいえ国王をひっぱたいてしまったのはまずかった。そこはおおいに反省する。しかし、そもそもの原因を作ったのは彼のほうだ。年頃の娘が激怒するには十分な理由だったはずだ。

（なによ……、もとはと言えばみんながギルのことをなにも教えてくれなかったのが悪いのに。あの頃、ギルが年頃の少年だって知ってたら、私だって無防備な姿を見せたりしなかったわ）

思わず拗ねた表情を浮かべれば、すかさずドーラ夫人が厳しい視線を浴びせてくる。

リリアンは焦って顔をうつむかせ、おとなしく反省しているふうに装った。

あれからジェフリーに聞いた話によると、七年前、ギルバートが国王の子息であることはモーガン邸の者たちは皆知っていたそうだ。もちろん、本当の年齢も。

けれど、まだ幼かったリリアンだけが真実を知らされなかったのには理由がある。

当時ギルバートは王位継承権を巡ってとある一派に命を狙われていたのだ。遠い田舎町まで逃亡してきたとはいえ、万が一のことを考え幼いリリアンを巻き込まないようにした配慮だったという。


前国王ラッセルにはふたりの妻がいた。ギルバートの母であるミレーヌと後妻のシルヴィアだ。

友好国であるセイアッド国から嫁いできたミレーヌは、ギルバートによく似た美しく優しい妃だったという。慈悲深く凛然《りんぜん》としていたミレーヌは、国民にも臣下《しんか》にも慕われた王妃であった。

ジェフリーはもともとセイアッド国出身でミレーヌ付きの侍従長であり、彼女が輿《こし》入《い》れした際にステルデン国の領地と爵位を賜った。そしてミレーヌが王妃の間もずっと秘書官として彼女を支え続けたのだという。

しかし、難儀なことにミレーヌにはなかなか子が授からなかった。それが原因でラッセル国王とはだんだんと不仲になり、彼は別国の公爵令嬢であったシルヴィアを愛人に持つようになってしまう。

その数年後、運命のいたずらは起こった。ミレーヌとシルヴィアがほぼ同時期に子を授かったのである。

野心家のシルヴィアはどうしても我が子に王位を授けたかった。そして彼女は周到に証拠をでっち上げ、ミレーヌに不義の疑いをかけたのである。

シルヴィアにのぼせていた国王は愚かにもそれを信じ、ミレーヌを離宮へと幽閉した。

身重のミレーヌは心労がたたったことと、薄暗い離宮での軟禁生活により、みるみる痩せ衰えていった。そしてギルバートを産み落とすと、そのまま命の灯を消したのであった。

王の後妻にはすぐさまシルヴィアが迎えられ、彼女が生んだ男児エリオットこそが王位継承者として迎えられる。

そして、ギルバートはその存在を隠されるようにひっそりと離宮に幽閉され育てられた。

そんな彼に人生の転機が訪れたのは十二歳のときである。

エリオットがラッセルの嫡子ではないという疑いが突如持ち上がった。シルヴィアにはラッセルの愛人となる以前からむつみ合っていた恋人がいて、その関係は彼女が王妃になっても続いていた。それが発覚したのだ。

このままでは息子ともども王宮を追われかねないと焦ったシルヴィアは、恐ろしい手段に出た。国王ラッセルと、国王の真の嫡子であるギルバートの暗殺を企てたのだ。

その企みにいち早く気づいたのはロニーであった。将校の息子だった彼は十六歳で衛兵として王宮に召し上げられ、ミレーヌの近衛《このえ》兵のひとりとして従事していた。ミレーヌが亡くなってからは離宮でギルバートに仕え、彼の近衛兵でもあり侍従でもあり教育係でもあった存在だ。

シルヴィアの魔の手から守るために、ロニーはギルバートを連れて逃げ出した。いまだ王妃の実権を握るシルヴィアから逃れるのは容易なことではない。信頼できる安全な場所を求めた結果、彼はミレーヌに長年仕えてきたジェフリーのもとを訪ねたのだった。

もともとセイアッド人でもありミレーヌの側近だったジェフリーは、彼女の息子であるギルバートをかくまうことを約束した。そうして——モーガン邸での一年が過ぎたのである。

ギルバートにとっての朗報は突然訪れた。ついにシルヴィアの悪行がすべて発覚し、彼女とエリオットは王宮を追われたのだという。そして、真の王家の血を引くギルバートを、ラッセルが探していると。

王宮に戻ったギルバートには王位継承権第一位の王太子の座が待っていた。

しかし安心したのも束の間、王宮にはシルヴィアの息がかかった臣下たちが大勢巣食っていたのだ。シルヴィアの復権を望む者たちは、巧妙な手口でギルバートを追い落とそうとした。

ギルバートはまだ少年の身でありながらロニーと協力し策略を巡らせ、その者らの企みを着実につぶしていった。年老いていく国王とは反対に彼は王宮内での勢力を増し味方を増やし、身の安全と地位を確実なものへとしていったのだ。

そして昨年の冬。病に倒れたラッセルは年を越すことなく永眠した。

春になり王国の定めた喪が明け、ギルバートは法王猊下《ほうおうげいか》のもとで戴冠式を迎えた。

ついに国王の座に就いた彼に、もはや敵はいない。

王家の正当な嫡男でありながら不遇な環境で生まれ育ち、常に敵に囲まれていたギルバートがようやくつかんだ最大の権力と安寧と栄光であった。

ジェフリーにギルバートの壮絶な生い立ちを聞いたリリアンは、しばらく言葉もなかった。それから、沸々と怒りが湧いてくるのを感じた。

そんな事情があったのなら、なおさらすべてを話してほしかった。そうすればもっと彼の支えになることができたかもしれないのに。

たかが田舎の子爵令嬢がとんだ思い上がりかもしれないけれど、それでも彼のつらさを分かち合うことも慰めることもできなかった過去が悔しい。

しかも、モーガン家が没落したのもそれが原因だというのだ。

ギルバートをかくまったことがシルヴィア勢力派に知られ、彼らの不興を買ったらしい。両親の借金など、まったくのでっち上げだ。

ジェフリーはギルバートが近いうちに必ず国王になり敵を一掃することを信じていた。だから耐えろとリリアンに諭したのだ。

けれどそれこそ、正直に話してほしかったとリリアンは思う。彼女とてその頃はもう十五歳だった。理不尽な状況がギルバートの権力争いに巻き込まれたせいだと知っても、彼を恨んだりはしなかっただろう。むしろ、大切なギルバートのためだと思えば、つらい日々も前向きに乗り越えられたはずだ。

そう食ってかかったが、ジェフリーは眉間にしわを寄せて首を横に振った。

「リリアンには秘密にしておくと決めたのは、陛下とわしだ。幼かったお前を巻き込みたくなかった。それに……お前は正義感が強いぶん、なにをしでかすかわからん。危なっかしくて、王家の秘事など打ち明けられないのも当然だろう」

祖父の言葉に、リリアンは反論したくてもできない。

たしかに、活動的で負けん気が強いリリアンがギルバートの身の上や危機を知っていたなら、なにか行動を起こしかねなかっただろう。

大切なギルバートを虐《いじ》めた奴《やつ》らを許さないと言って、王宮に乗り込んでしまったかもしれない。ましてや、おしゃまで慎重さに欠けていた子どもの頃にギルバートが王子だとわかっていたなら、得意になって領民にしゃべっていた可能性もある。

自分で思い返してみても、リリアンは祖父の言い分が正しいことを認めざるを得なかった。

「……言わなくて正解だわ……」

話してもらえなかったのは自業自得だと思い、ため息をついてうなずいた。

――ただ。年齢を隠されたまま湯浴みやベッドをともにしていたことに関しては、どうにもギルバートのいたずら心を感じずにはいられないけれど。

王宮にはしばらく滞在することになった。

国王になったとはいえ、ギルバートにはまだまだ信頼できる味方が必要だ。

ミレーヌの側近であったジェフリーに、ぜひ宮廷官へ戻ってほしいと話し合いをしているらしい。

それに加え、今まで世話になった礼と称してギルバートはすっかりみすぼらしくなってしまったモーガン邸を修復してくれるという。手入れができなかった庭も、掃除の行き届かなかった屋敷内も、老朽化した壁や床まで全部綺麗にしてくれるとか。

生まれ育った生家がよみがえることには、リリアンも大賛成だった。

そんな理由もあって、ジェフリーもリリアンも話し合いが済みモーガン邸の修復が済むまでの間、オアーブル宮殿に滞在することとなったのであった。

しかし。

ギルバートが振る舞ってくれた豪華な晩餐《ばんさん》を終え客室に戻ろうとしたリリアンは、大変な驚きに見舞われた。

「お部屋のお支度が整いました。これよりリリアン様はこちらの部屋をお使いください」

王宮の侍従がそう言って案内した新しい部屋は、王家の居住区域でもある南棟の最上階にある、とんでもなく豪奢な部屋だった。

「……なにかの間違いじゃない？」

リリアンが部屋の扉を開けてそうつぶやいたのも無理はない。

広々とした部屋は東洋織りの風雅なカーペットが敷かれ、大理石の白い壁には金のつけ柱と天使の彫像が飾られている。大人が三人は寝られそうな大きさの天蓋付きベッドには高級な絹モスリンのカーテンが幾重にもかけられ、マットレスは最新式のスプリング入りのものが使われていた。備えつけのソファセットも暖炉も精緻な細工と金箔《きんぱく》加工が施されていて、重厚かつ豪華極まりない。おまけに部屋の隅には贅沢品《ぜいたく》とされる洗面机まで用意されていたのだ。

いくら王宮の一室とはいえ、あまりにも贅沢すぎる。リリアンは部屋のテーブルに飾られた花瓶いっぱいのダマスクローズと、いつでも食せるようにと置かれたトレイの菓子とフルーツを眺めながら、顔を引きつらせた。しかし。

「いいえ、間違いございません。今日からここをご自由に使われますようにとの、国王陛下のご命令です」

明るい声でそう言いきったのは、部屋に案内してきた侍従ではなかった。

リリアンが振り向くと、そこには緑のドレスをまとった年若い娘が立っていた。

この王宮で緑の衣装は侍従や小間使いを表す。彼女もそうなのだろうということは、ひと目でわかった。上品な立ち姿からは、まだ若いながらも女官としてしっかり教育を受けたことがうかがえる。

娘はリリアンのそばまで来ると、ドレスの裾を持ち一礼した。

「今日からリリアンさまの身の回りのお世話をさせていただきます、ファニーと申します」

なんと、ギルバートはリリアンに専属の侍女までつけてくれたらしい。

たかが数日滞在するだけなのに、あまりの待遇のよさにリリアンはますます顔を引きつらせてしまったが、ファニーは気にするようすもなくテキパキと部屋の案内を始めた。

「こちらの扉はバススペースに、あちらが書斎へとつながっております。どちらもお好きなようにお使いになられるようにとのことです。それからこちらがバルコニー。テーブルがありますので、申しつけてくだされぱいつでもお茶の準備をいたします」

「こっちの扉は？」

リリアンはファニーが東側の扉を目で追いつつも説明を省いたことに気づいて尋ね

た。けれどファニーは笑顔のまま小首をかしげ、「それは後ほどわかるかと」と、よくわからない答えを述べて、すぐさま別の説明に入った。

「それから、こちらがクローゼットになります。お衣装と装飾品などそろえてありますが、必要なものがあったらすぐにお知らせください。遠慮なさらないでくださいね。リリアン様が不自由な思いをされると、私どもが叱られてしまいます」

開かれた衣装用の小部屋を見て、リリアンはポカンと口を開けてしまう。

ただでさえ書斎やバススペースを備えた豪華な部屋は衝撃なのに、衣装部屋の中には真新しいドレスが目を疑うほどギッシリと並んでいる。

思わずフラフラと歩み寄り中を覗《のぞ》いてみれば、城下町で見たような最新式のジャケット付きドレスや、流行のストライプ柄のドレス、それにジュエルがついたフォーマルハットや手袋、ハイヒールなどがあふれんばかりにそろえられていた。

「そろそろ夜着にお召し替えになりますか？　その前に湯浴みされるのでしたら、すぐにお支度いたしますが」

クローゼットを眺めてあぜんとしていたリリアンは、ファニーに声をかけられてハッと我に返った。

「そ、そうね……。寝る前に汗を流したいわ」

とりあえず、今夜は頭も体も休めようと思う。なにせ今日はいろいろなことがありすぎた。長旅の末、王宮に着いたと思ったら、まさかのギルバートとの再会。そして驚くべき彼の本当の姿。正直なところ、今でもまだ頭が少し混乱している。

ひとまず今夜はゆっくり休み、明日になったら改めて彼に問えばいい。この異常なほど至れり尽くせりの待遇はなにかの間違いではないかと。

そう考えて湯浴みと就寝の支度を頼んだリリアンに、ファニーは恭しく「かしこまりました」と返事すると、手際よく準備に取りかかった。

――翌朝。

窓から差し込む朝の光にぼんやりと目を覚ましたリリアンは、大きな違和感を覚える。

（……あれ？　こんな大きな枕、あったかしら……？）

自分の腕がなにか大きなものを抱きしめている。いつものくせで枕を抱きしめて寝てしまったのかと思ったけれど、腕の中のものはやけに硬かった。

そしてリリアンは気づく、重いまぶたを開いて瞳に映ったものが――優美なギルバートの寝顔だということに。

「……っ‼　ギ、ギル……⁉」

寝ぼけていた頭が一気に目覚めた。リリアンは体を起こそうとしたが、なんとギルバートの腕がしっかりと腰に回されていて身動きが取れない。

「ちょっ……？　な、なんで⁉　ギル！　起きて、ギル‼　離して‼」

リリアンはギルバートの体を力いっぱい揺り動かした。すると、ギルバートは眠たそうに身じろぎした後、まぶたをゆっくりと開いた。目の前の麗しい顔が寝起きの無防備な表情を浮かべ、リリアンは胸をドキリと跳ねさせる。

「……ああ、リリー。おはよう……」

「お、おはようじゃないでしょ！　なんであなたがここにいるの⁉」

うろたえるリリアンとは対照的に、ギルバートはのんびりと体を起こすと大きなあくびをしてから伸びをした。

「なんでって、一緒に朝食を取ろうと思ってきみを起こしに来たんだよ。でもリリーがあんまりにもかわいい顔で寝てるからさ、抱きしめたくなっちゃって。そのうち一緒に寝ちゃったみたいだ」

王宮とは、国王とは、こんなにも自由奔放なものなのだろうか。常識から逸脱している彼の行動に、リリアンの寝起きの頭がクラクラとしてくる。

「あ、あなた王様なんでしょう⁉　もう子どもじゃないのよ！　勝手にレディの寝床に入ってくるなんて――」

　顔を真っ赤にしてリリアンがわめき立てていると、ギルバートはキョトンとした表情を浮かべた後、再び彼女の体を腕に捕まえてそのままベッドへ倒れ込んでしまった。

「いいんだよ。僕とリリーの仲だから。それに、リリーのベッドなんて一緒に潜りたくなるに決まってるじゃないか。相変わらずいい匂いするし、抱きしめるとやわらかくて気持ちいいし……ずっとこうしていたい」

　逞《たくま》しい腕にぎゅっと抱きしめられながらベッドに寝かされて、リリアンの心臓は壊れたように早鐘を打った。寝起きにこんなに脈が上がっては、体に悪いのではと不安になる。

「だ、だ、だからっ！　もう子どもじゃないんだから、こんなことしちゃ駄目っ！」

　厳しく言い放って彼の顔をグイグイと手で押しのけると、ギルバートは不服そうに唇を尖らせながら渋々と離れてくれた。

「大人だからこそ、一緒に寝たいんだけどな」

　恥ずかしげもなくとんでもない不満をこぼされ、リリアンはもはやどう叱っていいのかわからない。赤くなった顔で必死に動揺を抑えていると、ギルバートはクスリと口角を上げて微笑み、リリアンの頬に口づけをしてきた。

「な、……っ⁉」

「これからは僕が毎日起こしに来るからね。きちんと起きたならおはようのキス、お寝坊のときはまたベッドに潜り込むから、そのつもりで」

勝手すぎるルールを提示され、リリアンはもはや言葉も出ない。そもそも、国王とはこんなに暇ではないはずだ。朝から幼なじみにちょっかいをかけたり、ベッドに潜り込んで二度寝をしていいはずがない。

「ギ、ギルは忙しい身なんだから、遊んでちゃ駄目でしょう？　起床なら侍女が……」

そこまで言ったリリアンに、彼はにっこりと笑って部屋のドアを指さした。

「僕の寝室、隣なんだ。だから気にしないで、リリーを起こしに来るくらいなんの手間でもないから」

昨日ファニーが一ヶ所だけ扉の説明をはしょった理由がわかった。そして、ここでの生活がたった一枚の扉を挟んでギルバートと隣り合わせであることに驚く。

ギルバートはベッドから下りるともう一度大きく伸びをして、部屋のカーテンを開けた。まぶしい朝日に彼の麗しいブロンドがキラキラと輝く。「いい朝だなあ」とひとりごちた姿は幸福そうだが、リリアンは置いてけぼりを食らっているような気分だ。

「さて、と。廊下に出て右側の突きあたりが朝食部屋《ブレックファストルーム》だから。身支度を整えたらおいで、待ってるから」

ベッドの上であぜんとしているリリアンをおいて、ギルバートは上機嫌なままそう言い残し、部屋を出ていった。

ファニーの手によって着せ替えられたリリアンは、それはそれは美しく変身した。ピンクとローズピンクの細かい縦柄のドレスは色鮮やかで、リリアンの栗色の髪によく映えている。流行の肩掛けには銀糸の刺しゅうとリボンのコサージュがついていて、清楚で愛らしい。

綺麗にまとめられた髪にもレースのリボンが飾られ、薄化粧まで施されたリリアンは鏡の中の自分の姿を、別人のようだと思った。

この二年間、年頃の乙女らしいおしゃれをまったくしてこなかったのだ。自分のみすぼらしさに気後《きおく》れしていた心が、少しだけ自信を取り戻す。

「リリアン様、お手をよろしいですか」

そう言ってファニーは最後に、リリアンの手に優しい香りの香油を塗ってからドレス用の手袋をはめてくれた。

「ギルバート陛下が急ぎでご用意してくださったんですよ」

そうつけ加えたファニーの言葉に、リリアンの胸がきゅっと締めつけられる。

昨日、再会の場で手を握ったときギルバートはすぐに気づいたのだろう。リリアンの手が貴族令嬢とは思えないほど荒れていたことに。

リリアンに恥をかかせず、さりげなく気遣ってくれた彼の優しさに、紳士らしさを感じる。心優しい性格はそのままに、繊細な気配りができるほどギルバートは大人になったのだなと思うと、うれしいような気恥ずかしいような気持ちが湧いた。

「どうもありがとう」

身支度を整えてくれたファニーに礼を言い、リリアンはドレッサーの前から立ち上がる。

さっきの起床といい、豪華すぎるもてなしといい、彼に言いたいことはたくさんある。けれど、なによりも先に香油の礼を言おうと、リリアンはうれしさに疼《うず》く胸を押さえてブレックファストルームへと向かった。

王宮は朝食の部屋でさえ豪華だ。リリアンの屋敷の正餐室と同じくらいの広さがある。

朝の光がまばゆく差し込むその部屋に、リリアンはギルバートとふたりきりでテーブルを囲んでいた。料理をすべて運ばせ、給仕係さえ部屋から払ってしまっている。

「ねえ、ギル。王様って臣下とか親族とかと食事の席をともにしなくていいの？」

ふたりきりの食卓にソワソワしていると、ギルバートはなんとリリアンのグラスに自らミルクを注ぎながらそれに答えた。

「僕は食事は基本的にひとりで取るよ。晩餐会なんかは別だけど。今はだいぶマシになったけど、腹の中でなにを企んでるかわからない奴なんかと同じテーブルを囲みたくないからね」

返ってきた答えは思いのほか寂しい言葉で、リリアンはハッと息をのむ。

ようやく平穏を手に入れたとはいえ、彼は今までずっと敵に囲まれて生きてきたのだ。たとえ食事のときだって安らげなかっただろう。

そんな彼がかわいそうに思えてつい顔をしかめてしまっていると、ギルバートはミルクを注いだグラスを差し出しながらうれしそうに笑った。

「でもリリーは特別。昔、きみと一緒に食べたご飯は本当においしかったから。だから僕、きみとまたテーブルを囲める日をすごく楽しみにしていたんだよ」

あまりにいじらしいことを言うギルバートを、リリアンは抱きしめて慰めてやりたくなる。彼が年上だったと知っても、国王というこの国で最上位の立場だとしても、リリアンにとってギルバートはやはり守ってあげたい存在だ。昔みたいにお姉さんぶりながらもいっぱい甘やかしてあげたい。

するると。まるでリリアンのそんな心情を読んだかのように、ギルバートは自分の椅子を彼女の隣へ持ってくると、ピタリと寄り添ってきた。

「ギル?」

「さ、あったかいうちに食べよう。と言うか、食べさせてくれるよね?」

一瞬、彼がなにを言っているのかわからなかった。

パチパチとまばたきを繰り返していると、ギルバートはリリアンの手にフォークを握らせ、そこにチキンを包んだパイを刺した。そしてリリアンの手を操って、フォークに刺したパイを自分の口へ運ばせる。

「うん、おいしい」

ニコニコしながら咀嚼《そしゃく》するギルバートを、リリアンは呆気にとられて見つめた。

この男は十九歳にもなってなにをやっているのか。

ギルバートは今度は自分のフォークにホワイトソースのかかったアスパラガスを刺すと、それを呆然としているリリアンの口もとに運ぶ。

「昔はよくこうやってお菓子を食べさせ合ったよね。僕が上手にできなくてリリーの口の周りをジャムで汚しちゃったら怒られたっけ。あはは」

そんな懐かしいシチュエーションを再現しろと言われても困る。今はふたりとも子どもではないのだから。

「ほら、口開けて。今度は汚さないように上手に入れてあげるから……大丈夫だよ」

そう言って口もとにアスパラガスを差し出すギルバートの瞳に、妖しい色が浮かんでいるのは気のせいだろうか。

リリアンは困ってしまったが、なんとなく彼の迫力に圧されておずおずと口を開いた。

「ん……」

けれど、アスパラガスについていたソースがやはりリリアンの唇の端を汚してしまう。いや、むしろギルバートがわざと手をぶれさせて汚したようにも見えた。

「ごめんね、ちょっと汚しちゃった」

そしてふっと口角を上げた蠱惑的な笑みを浮かべるとギルバートは顔を寄せてきて、リリアンの唇についたソースを自分の舌で舐め取った。

驚いてとっさに突き放そうとしたリリアンの手を、ギルバートの大きな手がすかさずつかむ。

「や……っ、ん、んん……、こら、ギル……っ！」

ソースを舐め終えてもギルバートの舌はリリアンの唇をねぶり続ける。リリアンが顔を背けいたずらな舌から逃れると、ようやく彼はつかんでいた手を離してくれた。

「かわいいね、リリー。僕、朝食よりきみのことが食べたいな」

あまりに悪ふざけの過ぎるギルバートに、さっきまでの哀れみの気持ちはどこかにすっ飛んでいってしまった。リリアンは手もとの白パンをつかむと、それを隣のギルバートの口に思いきりねじ込む。

「ギルの馬鹿っ！　私のことからかってばっかり！　もう知らないっ！」

カンカンに怒ったリリアンは自分の椅子をギルバートから離すと、彼から顔を背けて食事を取り始めた。ギルバートは口に詰め込まれたパンを咀嚼し飲み込んでから、リリアンの席に恐る恐る近づいていく。

「怒った？　ごめんね、もう食事中にふざけないから」

素直に謝ってくる姿は、幼い頃の彼を思い起こさせる。あのいじらしい少年の姿を思い出すと、リリアンはなにもかも許してあげたくなってしまうのだ。

けれど、今朝の起床のときといい今のいたずらといい、ギルバートは少しリリアンをからかいすぎだ。七年ぶりに再会して、今までたくさんつらい目に遭ってきた彼を慰めたいという気持ちがうせてしまう。

「もうギルなんか知らないっ」

リリアンは彼を甘やかしたい気持ちと憤慨する気持ちの板挟みになりながら、プイと顔を背けて黙々と食事を続けた。


朝食を終えると、リリアンは途端に時間を持てあましてしまう。

ギルバートは当然公務に忙しく、リリアンにかまっている暇はない。ジェフリーもどうやらすでに彼の仕事に携わっているらしく、部屋を訪ねたら留守だった。

部屋で手慰みに刺しゅうをしながらあくびをひとつこぼしたリリアンを見て、ファニーが宮殿内を散歩してみたらどうかと提案してくれた。

「でも、勝手に動き回っていいのかしら？」

許されるのなら、この広く豪華な宮殿をあちこち見学してみたい。けれど政務も行われている建物内をウロウロしていいものかと躊躇していたのだ。

「南棟や中庭なら大丈夫ですよ。宮廷官たちが忙しくしているのは北棟のほうですから」

そうファニーに教えられて、好奇心をかき立てられたリリアンはさっそく部屋を出ることにした。

南棟は居住区だ。最上階の五階と四階が王家と親類のものとなっており、その下が臣下たちの部屋となっている。王家の居住区はさすがに絢爛《けんらん》で、廊下には歴代国王や王妃の肖像画や胸像まで並んでいた。

ファニーに案内されながら歩いていたリリアンは、そこに飾られた一番新しい肖像画の前で足を止めた。

プレートに『第八代ステルデン王国　国王　ギルバート・ケネス・イーグルトン』と記された絵画には、王冠をかぶりアーミンの毛皮のマントを羽織ったギルバートが描かれている。リリアンは思わずその肖像画に釘づけになった。

黄金の額の中のギルバートは凛々しく描かれている。ほかの肖像画と比べてひときわ年若いが、国王としての威厳も十分に感じられた。けれど、じっとこちらに向けられている青い瞳はなんだか冷たそうだ。とてもよく描けているけれど、リリアンの目にこれはギルバートに見えない。

「どうされました？」

動きを止めてしまったリリアンに、ファニーが振り返って不思議そうに尋ねる。

「この絵、上手だけどなんだかギルっぽくないわね」

「そうですか？」

リリアンの隣に立ち絵を眺めて、ファニーは小首をかしげた。

「私には、いつもの凛々しい陛下とお変わりないように見えますが……」

「そうかしら？　だってギルってもっとニコニコしていてかわいいじゃない？」

そう言うと、ファニーは「えっ」とつぶやき、目をまん丸にして驚いた表情を浮かべた。そんな反応をされてしまって、逆にリリアンのほうも驚いてしまう。

「……私、なにかおかしいことを言った？」

「いえ、ええと……」

驚いた表情のままファニーは少し言いづらそうに、言葉を選びながら話しだした。

「私は王宮へお仕えしてまだ長いわけではないのですが……、ギルバート国王陛下は、その……少々冷たいお方だというのが、私ども宮廷官の認識だと思います」

「冷たい？　ギルが？」

意外すぎる意見に、今度はリリアンのほうが目をまん丸くしてしまった。

「はい。自分の意にそぐわない臣下らはすぐに罷免《ひめん》されますし、政務会議はほとんど国王陛下の独断で決まると噂《うわさ》されております。……今のところ、国民への税金が軽減されたり、新しい鉱山の開発が成功したりと、結果的にはよい状況なので表立って悪く言う者はいませんが……臣下の意見に聞く耳を持たず、笑顔もお見せにならないことから『氷の王』などという異名を耳にするくらいです」

ファニーの話はリリアンにとって信じがたいものだった。

あんなにニコニコとして素直で優しいギルバートの異名が『氷の王』だなんて、馬鹿馬鹿しい冗談にしか思えない。

けれど、宮廷官であるファニーがそんな嘘をついても仕方がないし、なによりこの肖像画は『氷の王』というタイトルがピタリと似合う。凛々しく有能だけれど、誰も信じられないような冷たい目。他者を寄せつけない冷酷さが、この絵からはたしかに感じられる。

呆然とした表情で肖像画を見つめているリリアンに、ファニーは気まずさを覚えたのか慌てて言葉をつけ足した。

「あ、でも、リリアン様がいらしてから、陛下は少し変わられたように思います。今までの陛下なら、女性の手を気遣われることなんてあり得ませんでしたから。それどころか手袋をしていない女性の手は決して触らなかったんですよ。けがらわしいって。だから、リリアン様に香油を用意されたのを見て、陛下はお優しくなられたんだなあって思いました」

彼女としてはフォローを入れたつもりなのだろうが、さらに追い打ちをかける事実にリリアンは言葉も返せない。

昔からギルバートは甘えたがりで、やたらリリアンにくっついてきた。だからてっきりスキンシップが好きなのだと思い込んでいたのに、どうやらほかの女性に対しては違うようだ。

「だからこの王宮の女官はもちろん、舞踏会に参加されるご婦人方も必ず陛下の前では手袋をしていますし、みだりに陛下のお体には触れないようにしていたのですが……、今朝のごようすだと、もうそんな苦労はなくなりそうですね」

ファニーは取り繕うように笑って言ったが、リリアンのほうはうまく笑えなかった。

「そ、そうだといいわね」と当たり障りのない答えを返すが、顔が引きつっていたような気がする。

そんな厳しくて冷たくて人嫌いの国王と、今朝ベッドや朝食の席でベタベタ甘えてきたギルバートが、とても同一人物だとは思えない。

（きっとギルなりに、みんなの前ではしっかりした王様に見せようとがんばってるのよ。ただ慣れてないから時々厳しくなりすぎちゃうだけで……。うん、きっとそうだ

わ）

そう自分を納得させて、リリアンは落ち着きを取り戻した。そして肖像画から視線を外し、ファニーに向かってにっこりと微笑む。

「大丈夫よ。ギルは本当はとっても優しいんだから。王様の仕事に慣れてきたら、もっと臣下を気遣う余裕も出てくるわ」

その言葉にファニーも「そうですね」と明るく返すと、「さあ、中庭へ参りましょう」と踵《きびす》を返し階段を下りていく。リリアンも気を取り直して、そのうしろをついていった。

宮殿の中庭は色とりどりの花を咲かせた花壇が、大きな噴水を中心に放射状に並べられていた。綺麗な景色にリリアンは胸を弾ませ、小走りで噴水まで向かう。

「わぁ、すっごく綺麗ね。いろんな種類の花が咲いてる、さすが王宮のお庭だわ」

外国から輸入したのだろうか、リリアンの見たこともない花がたくさんあった。新鮮な景観に思わずはしゃいでしまい、中庭のあちこちを見て回っていたときだった。

「誰だ。ここでなにをしている」

低く威圧的な声が、突然背後から投げかけられた。

リリアンは驚いてビクリと肩を跳ねさせた後、恐る恐る振り向いてすかさず頭を下げた。

「ご、ごめんなさい。勝手に入ってしまって。すぐに出ますから……」

やはり部外者は勝手に立ち入ってはいけなかったのだろうか。それともはしゃぎすぎて駆け回ったのがいけなかったのだろうか。リリアンは体に緊張を走らせながらゆっくりと顔を上げ、叱責してきた相手の姿を見た。しかし。

「……あら？」

目の前に立つ男の姿を見て、パチクリと目をしばたたかせる。

黒の軍服に身を包んだ長身の男は、長い黒髪をひとまとめにうしろでくくっている。つり上った眉毛に切れ長の瞳はいかにも厳しそうだが、リリアンはぱぁっと顔をほころばせた。

「ロニー！　ロニーじゃない！」

いきなりなれなれしく呼びかけられて、男は面食らったように眉をひそめる。けれど、リリアンの姿をまじまじと見た後、謎が解けたようにパッと表情を明るくさせた。

「……リリアン様でいらっしゃいますか⁉」

男は、あれから少しだけ年を取ったロニーだった。涼やかな魅力の青年は、少しだけ大人の渋みを増した壮年の美丈夫になっている。

「久しぶり！　よかったわ、あなたも元気そうで！」

リリアンがうれしそうに声をあげながら近づけば、ロニーはすぐさま彼女の前に膝をつき恭しく手を取ってそこにキスを落とす。

「ご無沙汰いたしております。リリアン様こそお元気そうでなにより。このたびは王家の内紛に巻き込んでしまい、多大なるご迷惑をおかけしましたこと、心よりおわびしたいと思っておりました」

七年前、ギルバートの避難先にモーガン邸を選んだのはロニーだ。そのせいでモーガン家がとばっちりを食い没落したことを、申し訳なく思っていたのだろう。

リリアンは彼の紳士的な挨拶に胸をドキドキとさせながらも、慌てて頭を横に振った。

「ロ、ロニーが謝ることないわ！　私はなにも知らなかったけど、ギルの力になれていたのなら大歓迎だもの！　だからなにも気にしないで」

リリアンの言葉にロニーは目を細めると、「お優しい女性にお育ちになられましたね。お慈悲に感謝します」ともう一度手にキスを落としてから、立ち上がった。

相変わらず紳士的なロニーの言動に、リリアンは気持ちが高揚してしまう。以前より落ち着きが増したような表情も素敵だ。改めてロニーは魅力的な男性だと認識せざるを得ない。しかも。

「お綺麗になられましたね、見違えました。宮殿の通路から中庭にいらっしゃるお姿をお見かけしたのですが、あなただとわからずぶしつけに声をかけてしまいました。申し訳ありません」

さりげなく話に賛辞を交えてくるものだから、リリアンの顔はたちまち赤くなってしまう。

「え、ええと、七年ぶりだものね。わからないのも仕方ないわ。それよりロニーは今、なにをしているの？」

ぎこちなく言葉を返せば、ロニーは穏やかな笑みを浮かべたまま話を続ける。

「昔と変わらず、ギルバート陛下の側近をやっております。役職は宰相《さいしょう》になりましたが。陛下のご命令で昨日まで外交に出ておりまして、今朝方戻ってきたところなので、ご挨拶が遅れました」

だから昨日は姿を見なかったのかとリリアンは納得した。と同時に、王宮の宰相である彼に傅《かしず》かれ恭しく扱われていたことに、驚きを隠せない。

「こ、こちらこそ、宰相であられるロニー様に対して無礼な態度を失礼いたしました」

いくら彼の今の身分を知らなかったとはいえ、あまりにもなれなれしかった自分の態度を反省する。つい、令嬢と侍従だった頃のつもりでしゃべってしまった。もしここにドーラ夫人がいたなら大目玉を食らっていたことだろう。

けれどロニーはクスッとおかしそうに肩をすくめると、屈託のない笑顔を向けてきた。

「今まで通りでかまいませんよ。私もそのほうが落ち着きます。どうかリリアン様はわずらわしいものにとらわれず、ありのままでいてください」

あまりにも意外な言葉に、リリアンは目をまん丸くしてしまう。いくら昔なじみとはいえ、こんな特別扱いを受けてしまっていいのだろうか。

どう答えていいかわからず困っていると、ロニーは折り目正しいお辞儀をしてから「それでは、また」と挨拶をして中庭から去っていった。

「……やっぱりロニーって素敵だわ……」

中庭に残されたリリアンは、彼のうしろ姿を眺めながらうっとりとつぶやく。七年ぶりだというのに、少女の頃の憧れがたちまちよみがえって胸が熱くなった。

「宰相様があんなに笑ったの、初めて見ました」

背後からそうつぶやいた声が聞こえて、ファニーがうしろに控えていたことを思い出す。

「そうなの？」とリリアンが尋ねれば、ファニーはコクリとうなずき声を潜めて言った。

「宰相様は厳しいことで有名なお方ですから。宮廷の秩序を乱す者には、容赦のない罰を与えられるとか。ある意味、国王陛下より怖いお方です」

それを聞いたリリアンは、またしても驚いた。

いったいこの王宮でギルバートとロニーの評判はどうなっているのだろうか。ふたりともリリアンの知っている姿とはあまりにもかけ離れている。

モーガン邸にいた頃、ロニーは真面目だが穏やかな性格で、怒っている姿など一度も見たことがなかったのに。

けれど、田舎屋敷の侍従と王宮の宰相ではきっと事情が違うのだろう。立場上、臣下らに厳しく接しないといけないこともあるに違いない。リリアンはそう考えて納得した。

「今度はもっとゆっくりお話がしたいわ」

弾んだ足取りで中庭から去ろうとするリリアンを、王宮の窓から眺めている者がいた。

「リリーってば……また僕を妬かせるんだ？」

執務室の窓から中庭を見下ろすギルバートの瞳は、冷ややかな光を宿している。

「僕との約束、忘れちゃったのかな？　悪い子だね。きみは僕しか見ちゃいけないって、思い出させてあげないと」

聞こえるはずのない窓の外のリリアンに話しかける彼の声には、抑えきれない独占欲が滲《にじ》んでいた。

第四章　いきすぎた独占欲

「な……なんで私がギルの近侍《きんじ》なのよ⁉」

リリアンは食事の席ということも忘れて、思わず椅子から立ち上がってしまった。

その途端、斜め向かいの席から「リリアン様、はしたないっ！」とドーラ夫人の叱責が飛んでくる。

慌てて椅子に座り直すものの、リリアンは隣の席のギルバートをギロリと睨んだままだ。それなのにギルバートはおろか、ともにテーブルに着いているジェフリーまでも平然としているではないか。リリアンにはまったくもってこの事態が理解できない。

本日の晩餐のテーブルには、ギルバートとリリアン、それにジェフリーとドーラも同席した。臣下なので同じテーブルにはついていないが、ロニーとセドリックもそばに控えている。なにやらリリアンに話があるということで、この顔ぶれが集まったようだ。

しかし、ワイングラスを傾けながらギルバートが伝えた内容は、残念ながらリリアンにとって喜ばしいものではなかった。

「近侍だなんて、そんな。僕はリリーを臣下にするつもりはないよ。きみは大切な存在だからね。ただ僕のそばについて、身の回りの世話をちょっと手伝ってほしいだけなんだ」

「だからそれが近侍なんじゃない！　男の主君には男の従僕がつくのが普通でしょ、どうして私がギルのお世話をしなくちゃいけないのよ！」

「やだなあ、リリー。僕だってきみ専属の侍従だったじゃないか。固いこと言いっこなしだよ」

「あれは子どもの遊びみたいなものでしょ！」

ギルバートの言うことはいちいち滅茶苦茶《めちゃくちゃ》だ。どんなに正論で言い返しても、のらりくらりと交わされてしまう。

どう考えてもおかしい要求なのに、祖父のジェフリーも厳格なドーラも優しいロニーもなにも言ってくれないのがまた奇妙だった。リリアンはまたひとりだけ罠にはめられている気がする。

「いいじゃないか。どうせここにいる間、リリーは暇みたいだし。フラフラと宮殿内をさまよってるよりは、僕と一緒にいたほうが絶対に楽しいよ」

なんて言い草だろうか。事情を知らなかったとはいえ、リリアンはギルバートにとって恩人のはずだ。その礼をされるために王宮へ呼ばれたはずなのに、暇人呼ばわりとはひどすぎる。

リリアンは腹が立ってまた言い返そうとしたけれど。

「それに――、目を離すと悪い虫がつきかねないからね」

ギルバートは少し声のトーンを落として、そう告げた。なんだか威圧的な雰囲気が感じられて、思わず口をつぐんでしまう。部屋の雰囲気も、妙に重くなったような気がした。

反論しないリリアンを見て承諾と受け取ったのか、ギルバートはパッともとの明るい表情に戻ると「じゃあ、決まり」とうれしそうにひとりでうなずいた。

とても納得できる話ではないけれど、そもそも国王の命令に逆らうことなど許されるはずがないのだ。たとえ、その国王が幼なじみの甘えん坊でも。

リリアンはハーッと大きくあきらめのため息をつくと、すっかり食欲のうせた口に小さくちぎったパンを運んだ。

「ギルバート陛下のお世話に必要なものはすべてこちらで準備いたします。リリアン様は陛下のおそばにつき、その都度ご命令に従ってください」

食後、侍従長であるセドリックはそう言って、さっそく部屋にリリアンを呼びに来た。どうやら心の準備をする暇もなく、任務が開始されるらしい。

「でも……国王陛下の近侍なんて、どうすれば……」

誰かに仕えた経験もなければ、国王陛下の側仕《そばづか》えなんてなにをするのか想像もつかない。けれど、リリアンの戸惑いなどものともせず、セドリックは「さあ、陛下がお呼びですから」と半ば強引に彼女を連れていく。

そしてなにをするのかも伝えられないまま、リリアンはギルバートの執務室まで連れてこられたのだった。

「遅かったね、リリー。待ちくたびれたよ」

中に入ると、ギルバートは執務机に向かって書類の決裁をしていた。

晩餐後も仕事だなんて大変だなと感心するも、リリアンの姿を見たギルバートはペンを放り出して満面の笑みで手招きをする。なんだかかかえって、仕事の邪魔をしているような気がしてならない。

執務室にはロニーもおり、ギルバートの斜めうしろに立って控えている。けれど、彼は口も出さなければなんの表情も浮かべていない。仕事中は宰相として冷静さを心がけているのかもしれないけれど、なんだか中庭のときと雰囲気が違いすぎてリリアンはひそかに緊張した。

「で？　私はなにをすればいいのですか、国王陛下」

机の前までやって来たリリアンは、わざと慇懃《いんぎん》な態度で接する。けれどギルバートはやっぱりニコニコと微笑んだままで、机の上を指さして言った。

「リリーには僕の手伝いをしてもらうよ。そこのペンや印章を僕に渡す、大事な仕事」

リリアンはあぜんとした。たしかにこのローズウッドでできた執務机は非常に大きいが、ちょっと椅子をずらすなりすれば余裕で端から端まで手は届くだろう。それをわざわざリリアンを使って筆記用具を取らせるなど、戯《たわむ》れ以外の何物でもない。

馬鹿馬鹿しい！と叫んで部屋を出ていきたいが、リリアンはまたひとつため息をついて観念した。つまり、ギルバートはリリアンに甘えたいだけなのだ。

若い身空ながら国王として重責を負っていることを考えると、こんなふうに彼の息抜き相手になることも大切なのかもしれないと思えてきた。それにギルバートにはあまり心を開ける人がいないようだ。幼なじみで気兼ねなく接することができるリリアンは適任なのだろう。

「はいはい、わかりました」

半ばあきれながらも返事をすると、ギルバートは満足そうに目を細めてうなずいた。

しかし、ただペンを取って手渡すだけの仕事など退屈極まりない。

始まって十分もたたないうちに、リリアンはあくびを噛み殺すことに集中することになってしまった。

机の前に立ちぼんやりと、書類の確認をしているギルバートを眺める。考えてみれば政務中の彼の姿を見るのは初めてだ。椅子の肘掛けに頬杖をつき書類に目を通す姿は、なかなかさまになっている。いつもと違って伏し目がちなその様子が、なんだか大人っぽい。

こうしていると、やはり彼のほうが年上なのだななどとリリアンが考えていると。

「リリー」

書類に視線を落としたまま、ギルバートが手を差し出してきた。

ようやく自分の出番がやって来たと、リリアンは少しうれしく思いながら机上のペンを取った。こんな馬鹿らしい仕事でも、ただ突っ立っているよりはずっといい。

そして意気揚々とギルバートの手にペンを渡そうとしたとき。

「え？」

彼の手が、差し出してきたリリアンの手をつかんだ。

受け取られなかったペンは机から床に落ち、そのままコロコロと転がっていく。

「え？　あの……ギル？」

ギルバートの大きな手はリリアンの手をしっかり握りしめている。やがてしなやかだけど少し骨ばった指が動きだし、リリアンの手の平や甲をなで始めた。

晩餐後に室内着のドレスに着替えたときに、手袋は脱いでしまった。無防備なその手を指先でなでられて、リリアンは疼くようなくすぐったさを感じてしまう。

「ちょっと、ギル？　なにしてるの？」

「んー、ちょっと疲れてきたから癒やされようと思って」

飄々《ひょうひょう》と言ってのけた彼に、やはりここに呼ばれたのは息抜きの戯れのためだったのだなと実感する。女性の素手を触ることを嫌がっていたとファニーが言っていたが、きっと幼なじみのリリアンならば抵抗ないのだろう。それくらいギルバートが心を許しているのだと思うと、応えてやりたい気持ちにもなった。

今朝の度を過ぎたいたずらに比べたら手を握られるくらいかわいいものだと思い、リリアンも「はいはい」と戯れに彼の手を握り返す。ところが。

「あと――消毒、かな」

「え？」

いきなり意味のわからないことを言ったかと思うと、ギルバートはリリアンの手を強引に引いて口もとへ持っていき、そのまま甲へ口づけを落とした。

突飛な行動にわけがわからず、リリアンはポカンとしてしまう。

しかもギルバートはそれだけでは済まさず、何度も甲にキスを繰り返したかと思うと指にまで舌を這わせてきた。

「……っ、ちょっとギル……！　なにしてるの⁉」

焦って手を引こうとしたけれど、強くつかまれてしまってかなわない。

ギルバートはリリアンの細い指にじっくりと舌を這わせ、さらには口に含み軽く吸い上げた。

その艶《なまめ》かしい舌遣いに、リリアンの体に冷たい熱が走る。ビクリと背筋が震えた後、「あっ……」と艶っぽい吐息がこぼれてしまい、慌ててもう片方の手で口を押さえた。

そんなリリアンを、ギルバートは机越しに上目遣いで眺めている。

「かわいいね、リリー。指舐められただけで、そんな声が出ちゃうんだ？」

意地悪なギルバートのせりふに、頬が一気に熱くなった。

また彼の度を越えたいたずらが始まったと思い、リリアンは叱責しようとしたけれど——。

「感じやすい体、もし僕以外の男が触れたらと思うと嫉妬で頭がおかしくなりそうだよ。絞首台送りにしても気が済まないだろうね」

明るい口調で身の毛のよだつことをギルバートは口にした。冗談のはずなのにどこか有無を言わせないその迫力に、リリアンはひそかに体をビクリとすくませる。

「リリーの体に愛撫《あいぶ》していいのは、世界中で僕だけなんだよ」

そう言いきって、ギルバートはリリアンのか細い小指に歯を立てる。軽くだったので痛くはないが、少しだけ痕がついた。

「なに……言ってるの？　私、あ……愛撫なんて、そんなことされたことない……」

疼きがせり上がってくるようなくすぐったさに、甘い吐息がこぼれないよう必死に我慢しながら問いかけた。

ギルバートはチュッと薬指のつけ根を吸い上げてから手を解放すると、刹那《せつな》ふっと皮肉めいた笑みを浮かべる。

「敬意を表すキスでも、きみが色めいた表情を浮かべればそれは愛撫だ」

通常、敬意のキスといったら手の甲に受けるものだ。その言葉を聞いて、リリアンの脳裏に記憶がよぎる。中庭でロニーから二回受けた手の甲のキスを。

まさかと思い、そっと横目でロニーをうかがい見る。けれど彼はやはりなにも言わず、引きしめた表情さえも崩していなかった。

（まさか……、考えすぎよね）

そう思いたいが、七年前のことを思い出してしまう。幼いリリアンがロニーに夢中になっていたとき、拗ねたギルバートが唇を奪い妖しい表情を見せたことを。

あのときとよく似た蠱惑の滲む瞳で見上げてくるギルバートと、すぐそばでこんなやりとりをしているのに微動だにしないロニー。リリアンはなんだか息をするのも苦しいほど胸がドキドキして、妙な緊張感にとらわれてしまった。

すると、部屋の張りつめた空気を一変させるように、ギルバートがパッといつもの明るい笑みを浮かべた。

「ご苦労様。今、セドリックに濡れた布を持ってこさせるから、手をふいたら部屋に戻っていいよ」

そう言ってギルバートが机の脇の鐘を鳴らすと、すぐさま部屋にセドリックがやって来た。これで完全に室内の妙な雰囲気は払しょくされたといっていいだろう。

リリアンが手を綺麗にしてから執務室を出ようとすると、ギルバートは「またね、リリー」とヒラヒラと手を振ってみせた。その姿はまったくのんきであどけないものである。

けれど、無邪気な姿を見せられてもリリアンの速まった鼓動はなかなかもとには戻らない。

（ギルって、ときどき冗談か本気かよくわからなくなる）

リリアンの指を舐めるなど戯れだ。悪ふざけ以外の何物でもない。それなのに、さっきのまなざしや声は背を震わせるような威圧を感じた。まるで、獲物を死守しようと唸《うな》りをあげる獣のような。

ギルバートはよく知った幼なじみのはずなのに、リリアンは少しだけ彼のことがわからなくなってしまった。

それからもギルバートは特別命令と称してリリアンを常に自分のそばに置いた。

執務中は同じ部屋で読書を命じ、時々息抜きと言っては手や髪に触れてくる。外出に同行させ、移動中のギルバートの話し相手になる。食事やお茶の時間はもちろん一緒だし、就寝と起床時には必ず顔を見せ、おやすみとおはようのキスを頬にされるのが日課になった。

（宮廷官でもないただの幼なじみの私が、どうしてこんなにギルに仕えなきゃいけないのかしら）

そんな不満も当然湧いてくるのだが、彼と一緒の時間はリリアンにとっても楽しいものなので複雑な気分だ。文句を言いたくても言えなくなってしまう。

気心の知れた仲だからというのもあるが、ギルバートはリリアンをこれでもかというほど優遇してくれる。外出をすれば必ず劇場に立ち寄り、オペラや芝居を見せてくれた。お茶の時間にはタルトにシューに氷菓にプディング、コンフィズリーとリリアンの好きな菓子が山のようにテーブルに並んだ。毎日ドレスや帽子、装飾品などがひとつずつ増え、クローゼットに収まりきらなくなっている。リリアンが鼻歌でも歌おうものなら数時間後には宮廷楽団が勢ぞろいし、音楽会を開くありさまだ。

あまり贅沢なことをされると恐縮してしまうが、ギルバートは気に留めない。

「これはリリーの正当な報酬だよ。きみは国王である僕を癒やす大切な仕事をしているんだ。そのおかげで僕は気持ちよく政務に取り組めて、国政は安泰する。素晴らしいよね。だから遠慮なんかしなくていいんだよ」

それが彼の言い分だ。こんなことで報酬を得るのは納得がいかないが、どうしてかロニーやセドリックもこれには賛成のようで、リリアンは複雑な気分でこれに甘んじた。

しかし。ずっとギルバートと一緒にいることで見えてきた真実もある。

それは以前ファニーが言っていた『氷の王』のことだった。

「舞踏会など年二回でいい。余計な金があるなら孤児院の運営と学校の設立に全部回せ。それから領地で疫病と飢饉《ききん》を五年以上解決できていない者からは領地を取り上げろ。領民の暮らしも管理できない領主などこの国には必要ない」

ある日、会議室の隣室で待機していたリリアンは、政務会議の内容が漏れ聞こえてきて驚きのあまり息をのんだ。

「それでは他国にわが国の威信を示すことができません。外交に不利が生じます」

「いくらなんでも領地の没収はやりすぎです。貴族の反感を買っては、王政は成り立ちません」

臣下らがなんとかギルバートの提案をなだめようとする声も聞こえて、リリアンは思わず扉に近寄り聞き耳を立てる。

しかし次に聞こえてきたのは、さっきより低く威圧的なギルバートの声だった。

「外交が不利になる？　そんなものは国家君主である私の腕次第だ。それともお前は私が諸外国の外交官に舐められるような王だとでも言いたいのか？　領地もそうだ。私のやり方に不満がある領主はこの国から出ていけばいい」

横暴ともいえる一刀両断で、ギルバートは臣下らを黙らせた。扉越しにも会議室の険悪な雰囲気が伝わってきて、リリアンは眉をひそめる。

ギルバートの提案は決して間違っているものではない。王国というものはいつだって平民が苦労して税を納め、貴族らが甘い汁を吸うことに不満を持つ民がいるものなのだから。

舞踏会のような派手な催しを控え浮いた財政を国民の、とくに子どもたちのために使うなど素晴らしい政策だ。領主に領地の管理を徹底させることも平民の暮らしの豊かさにつながるだろう。

しかし、甘い汁で暮らしている貴族から反発が出ることは火を見るよりあきらかだ。

志は素晴らしいのだから、臣下らと話し合って穏便なやり方を模索すればいいのにとリリアンは思う。けれどギルバートは一事が万事こんなようすで、臣下らの意見に耳を傾けることはない。

以前ファニーの話していた『氷の王』の呼び名が思い出される。臣下らの中には私欲で異を唱えるものもいるだろうが、リリアンが見ている限り彼らのほとんどはギルバートや王政を心配しての助言だった。

その真心や忠誠心に背を向けるような態度では『氷の王』と噂されるのも仕方ないだろう。

（私といるときは素直で優しいのに、どうして宮廷官たちにはあんなに厳しいのかしら……）

まだ年若いギルバートは国王としての威厳を保つために必死なのだろうかと考えると、リリアンはやはり自分が彼の癒やしになって心をほぐしてあげなければいけない気がしてしまう。

（なるべくギルのわがままを聞いてあげよう。それでギルの心が穏やかになればいいのだけど）

最初はわけのわからなかった自分の役割に意味が見いだせると、リリアンは努力しようと前向きになることができた。

しかし。せっかく尽力する気になっても、度を越えた要求には困ってしまうこともある。

たとえば、食事のとき。

「食べさせてよ、リリー。僕、疲れてるんだ」

そう言ってフォークを持たないギルバートにはほとほと困ってしまう。だんだんわかってきたのだが、彼がこの要求をするときは大抵リリアンがほかの宮廷官の男性とおしゃべりをしたときだ。

おしゃべりとは言っても挨拶程度なのだが、リリアンが老若かかわらず男性としゃべるとギルバートはあっという間に機嫌を損ねてしまうのだ。

その日は中庭で薔薇《ばら》を見て、たまたまそこで手入れをしていた庭師が咲きたてのアルバローズを一輪くれた。どうやらギルバートはそれを見ていたようで、不機嫌極まりない。

仕方なくリリアンが要求通りにパンをちぎって食べさせようとすると、案の定指ごとパクリとくわえられてしまった。

「ちょっと、ギル！」

叱ってもギルバートは指を離さず、以前のように艶かしいほどに舌を這わせてくる。

そうしてようやく口を離したかと思うと。

「まずい。薔薇にまとわりつく害虫の味がする。中庭のアルバローズ、全部処分させようかな」

冗談だか本気だかわからない恐ろしいことを言うのだ。

このときはリリアンが「花を粗末にする子は嫌いよ」と叱ったせいで、ギルバートがアルバローズを処分することはなかったけれど、そんなやりとりはもはや日常茶飯事だ。

　それでもリリアンが理不尽なわがままを受け入れていたのは、やはりギルバートのことが大切だからにほかならない。

　大人になった今でもギルバートはかわいい弟のような存在で、リリアンにとって守ってあげたい相手なのだ。


　しかし――。ある日のギルバートはとんでもなく機嫌が悪かった。

　リリアンには心あたりがある。馬車を降りるときにうっかり足をすべらせそうになり、たまたまそばにいたロニーがとっさに支えてくれたのを、ギルバートに見られたのだ。

　あのとき一瞬見せたギルバートの険しい表情ときたら、まるで敵に襲いかかる獣のようだった。すぐさま彼はいつもの笑顔に戻ったけれど。

「大丈夫かい、リリー。怪我がなくてよかった。ロニーに感謝しないとね」

にこやかに言ったはずの声になぜか身震いするような威圧感を覚えたのは、決してリリアンの気のせいではないだろう。

　その証拠に、夜になって彼はリリアンにとんでもない要求をしてきたのだから。

「絶対に嫌！　信じられない！　いくらギルのお願いでも聞けないわ！」

浴室に呼ばれたリリアンは、ほかほかと湯気の立ち上るバスタブの前で頑なに拒絶する。

それも当然だろう。よりによってギルバートはリリアンに湯浴みの手伝いを命じてきたのだから。

ただでさえ湯浴みには彼との恥ずかしい思い出があるのだ。ギルバートが第二次性徴期の少年と知らず、全裸同士でバスタブに入って洗い合っていた思い出が。これ以上赤っ恥の上塗りをするなど、まっぴらである。

しかし、当然簡単に引くギルバートではない。

「いいじゃないか、僕とリリーの仲なんだから。昔は何度も一緒に入ったよね。リリーが僕に湯浴みの手伝いを命令してさ、結局僕も脱がされて一緒に入っちゃうってパターンで。あの頃はリリーのほうが強引に僕の服を脱がしてたっけ」

まるでリリアンの羞恥心に追い打ちをかけるように、ギルバートは意地悪そうに笑う。リリアンの顔は、熟れた林檎《りんご》よりも真っ赤っかだ。

たしかに子どもの頃はお姉さんぶりたくて、ギルバートをやたらと世話したがった。恥ずかしがる彼を強引に湯船に引き込み、ふわふわの髪をお気に入りの石鹸《せっけん》で洗ってあげたことは、今でもよく覚えている。

けれど、あれはギルバートを小さな子どもだと思い込んでいたからしたことであって、彼の服を剥いだ痴女みたいな言い方はやめてほしい。

「それとこれとは話が別でしょう！　とにかく！　私は絶対に手伝わないからね！」

今回ばかりは折れないぞと決意を込めて、リリアンはきっぱりと拒絶する。そうして、浴室から出ていこうとしたときだった。

「きゃ……!?」

突然うしろから体を抱きかかえられたと思ったら、リリアンはなんと服のままバスタブの中へ落とされてしまった。ザブンと大きな音を立てて、服ごと肩まで浸かってしまう。

「駄目だよ、逃がさない。きみの体は昼間、汚されちゃったからね。僕の手で綺麗にしてあげないと気が済まないよ」

不敵な笑みを浮かべてギルバートはブーツを脱ぎ捨てると、なんと自分も服のままバスタブへ飛び込んできた。

普通のものよりかなり大きなバスタブだが、ふたり分の体が浸かれば湯はあふれてしまう。ギルバートが勢いよく身を沈めると、ジャブンッと音を立てて湯があふれ出した。

「な……なにやってるのよ、ギル‼」

「なにって、リリーだって僕が嫌がってたらよくこうやって服ごとバスタブに引っ張り込んだじゃないか。あの頃のお返しだよ」

だからといって、大人が同じことをするべきではない。あの頃ギルバートが着ていたのは丈夫な綿でできたお仕着せの服だ。いくら濡らしたって絞って乾かせば済むものだった。今ギルバートが着ているアンカットベルベットのジュストコールも、リリアンのシルクタフタのドレスも、こんな乱暴な扱いをしたら台無しになってしまう。

けれど彼はまったく意に介していない。

「やっとリリーと一緒に入れた」

リリアンと向かい合う形でバスタブに入ったギルバートは、濡れた髪を頬に貼りつかせながらうれしそうに笑って、手を伸ばしてきた。

「ちょっ……！」

ふたりで浸かるには少し小さいバスタブの中で、ギルバートは向かい合ったリリアンの体をぎゅっと抱きしめてくる。

濡れた服越しに体が密着して、なんだか妙な感触だ。

「は、離して、ギル……！」

必死に彼の体を押しやろうとするが、広い肩も硬い胸板もビクともしない。男と女の力の差を痛感して、なんだか気持ちが落ち着かなくなる。

「一緒に入ると気持ちいいね、リリー」

それなのにギルバートときたら、狼狽《ろうばい》しているリリアンを楽しんでいるみたいだ。向かい合って座った姿勢のまま両腕でリリアンを抱きしめ、長い脚でまで体を挟み込んでいる。いつの間にか大きく逞しく育った体にすっぽりと包まれて、リリアンは身動きがとれない。

「気持ちよくなんかない……っ、服がびしょびしょで気持ち悪いわ」

だから早く離してほしいと訴えたつもりだったのに、ギルバートは自分の都合のいいように捉えて、彼女をもてあそぶ。

「じゃあ脱いじゃえば？」

言うが早いか、リリアンを抱きしめていたギルバートの手がうしろからドレスの紐《ひも》をほどく。体にぴったり沿うように調整されていた紐が解かれて、リリアンのドレスがふわりと心許《こころもと》なくゆるんだ。

そしてギルバートの手はそのままリリアンの後頭部を押さえて、「やめて」と言おうとした目の前の唇をキスで塞いだ。

「――っ……！　ん、ん……っ！」

丸く愛らしいすみれ色の瞳が、驚愕で見開かれる。

ギルバートの舌は動揺しているリリアンの唇の中に強引に侵入し、彼女の小さな舌を見つけてねぶってきた。

キスなど幼い日にギルバートにされて以来だったリリアンは、驚きのあまり混乱に陥る。やめてほしいのに体が硬直して動かず、されるがままだ。

まるで絡めることを強要してくるかのように、ギルバートはリリアンの舌に舌を押しつけてくる。艶かしいくすぐったさから逃れたくて舌を動かせば、皮肉にもそれが舌を絡め合うかたちになってしまった。

「……ん、ぁ……、や、ぁ……っ」

ぴちゃぴちゃと聞こえる水音が、湯船から聞こえてくるのか自分の口内から聞こえてくるのかわからない。いや、わかりたくなかった。自分がギルバートとこんなみだらな口づけをしているだなんて、自覚したなら恥ずかしすぎて頭がどうかなってしまうと思った。

再会してから毎日彼と接し、もう大人だとわかっているのに、リリアンがギルバートに抱く印象はどうしてもかわいい少年の頃のままだ。

けれど、飢える獣のようにリリアンの舌をねぶり、吸い、唾液を絡ませてくるキスはあまりに雄々《おお》しすぎる。逃がさないとばかり頭と背を押さえてくる手は大きくて、少し怖いくらいに力強い。

記憶の中の天使のような少年と、今自分に激しく口づけている男の姿が頭の中で上手に重ならず、どうしてかそれがリリアンの鼓動をますます逸《はや》らせた。

温かい湯に浸かっているせいか、それとも胸が限界までドキドキと脈打っているせいか、頭がクラクラとしてきた。なんだかうまくものごとが考えられない。

けれど、胸に感じた感触に、リリアンは一瞬で我を取り戻した。

「や……ん、んん……っ、んぅ……っ、だ、め……！」

顔を背けギルバートの唇から逃げながら、なんとか拒絶を訴える。

リリアンの頭を押さえていたはずの手は、いつの間にか彼女の胸の丸みをなでていた。華奢な体に乗った見事な膨らみの形を堪能するように、手のひら全体で包むようになでている。

「やだっ……、やだ！　ギルやめて！」

渾身《こんしん》の力でギルバートの体を押し離した。なりふりかまっていられない。リリアンは彼にぶつかろうとバスタブにぶつかろうとかまわず、ジタバタと手足を動かした。

けれど、彼は顔を離してはくれたものの胸から手を離すようすはない。

「どうして嫌がるの。服を脱がせて、体を洗ってあげるだけだよ」

「嫌！　脱がされるのも触られるのも嫌ぁっ！」

リリアンの絶叫にも近い拒絶を聞いて、ギルバートの表情が変わった。あきらかに不機嫌そうな雰囲気を漂わせる。しかもそれは、今までのようなかわいく拗ねるものと違って、年相応の男らしい苛立ちをうかがわせるものだった。

「リリー、僕のこと嫌いなの？」

なんて馬鹿馬鹿しい質問だろうかと耳を疑う。こんな嫌われてあたり前のことをしておきながら、よくもぬけぬけとそんなことが聞けたものだ。

「……嫌い！　変なことばっかりして、ギルなんて嫌いよ！」

なんだか悲しくなってしまって、リリアンは思わず叫んでしまった。

今までは心開ける幼なじみに甘えたいのだろうと思って過剰なスキンシップも許容してきたが、さすがにこれは違う。ギルバートはあきらかにリリアンを性の対象にしたのだ。

いくら幼なじみとはいえ、それはあまりにも見下されていると思った。このまま彼の欲望のはけ口になってしまったら、リリアンはまともに嫁げない身になってしまう。

教会は婚前の性交渉を禁止している。純潔を失ったりしたらふしだらの烙印《らくいん》を押され、リリアンをもらってくれる結婚相手などいなくなってしまうだろう。

それなのにギルバートは、リリアンがそんな不幸な目に遭うのもかまわず性欲を満たそうとしているのだ。彼にとっては幼なじみの人生よりも刹那の快楽のほうが大事なのだと思うと、悲しくて悔しくて涙が込み上がってきてしまった。

「嫌い、嫌い！　ギルなんて大っ嫌い！」

ついにリリアンは堰《せき》を切ったように、わぁわぁと泣きだしてしまった。

ギルバートはそんな彼女を見てじっと渋い顔をしていたが、やがて脱力したように大きく息を吐いた。

「……やっぱりリリーに泣かれると駄目だ。なえちゃうや」

ザバッとたくさんの水をしたたらせて立ち上がると、ギルバートはずぶ濡れのジュストコールとジレを乱暴に脱ぎ捨て、バスタブから出ていった。

そして近くに用意されていたタオルを取ると、それを持ってバスタブまで戻りリリアンの頭にかぶせる。

「立って、リリー。今、侍女を呼ぶから。そのドレス脱いで待ってな」

そう言い残すとギルバートは自分の肩にもタオルをかけて、そのまま部屋から出ていこうとした。

急に態度を変えたギルバートを、リリアンが目をしばたたかせながら見つめていると。

「手がかかるね、リリーは。僕を振り回してる自覚がないんだから、まったく嫌になるよ」

ちらりと振り返ったギルバートがそんなことをぼやいて、肩をすくめながら扉を出ていった。

「なっ……なによ！　振り回してるのはギルのほうでしょう！」

人をさんざん好きに扱っておいてなんて言い草だと、リリアンはカッとなってとっさに言い返した。けれど、すでに扉の外に出ていた彼に届いたかは謎だ。

少しぬるくなった湯のバスタブにひとり残されたリリアンは呆然としてしまう。もうギルバートのことが全然わからない。

軽薄な欲望をぶつけてきた彼は、もはやリリアンの知っているギルバートではないと思った。誰よりも一番リリアンに優しく、彼女を喜ばせてくれた愛しい幼なじみはもういないのだ。

そう考えるとリリアンの中には再びこらえがたい悲しみが湧き上がって、あふれた涙は虚《むな》しく湯に落ち、小さな波紋となった。

第五章　僕だけのエデン

リリアンは王宮を出ていこうと決意した。

屋敷が修復中だというのなら馬小屋で寝たってかまわない。王宮にいるよりずっとマシだと思った。

これ以上ここにいたら、リリアンはいつかギルバートの戯れの末に純潔を奪われかねない。それだけは耐えられなかった。

けがれた体にされるのも困るが、それ以上にけがされたくないものは思い出だ。幼い頃にギルバートと過ごした月日は、リリアンにとって生涯の宝物である。無垢で純粋で楽しかった思い出を、台無しにしたくない。大好きだったギルバートを、嫌いになりたくなかった。

リリアンは日の出前に目を覚ますと、ギルバートが起こしに部屋へやって来る前に急いでここを出ていく支度を始めた。とはいっても、身の回りの物はほとんど彼がそろえてくれたものだ。リリアンの荷物は小さな鞄《かばん》にひとつもない。

わずかな荷物を鞄に詰め、ジェフリー宛に書き置きを残す。先に屋敷に帰っていると。それから、ファニーの手を借りずひとりでツーピースドレスに着替えようとしているときだった。

「よ、いしょっと……」

ひとりではコルセットの紐が強く絞められず四苦八苦していると、ふとうしろから手が伸びてきた。

「大変そうだね、手伝ってあげようか？」

「うん、お願い。……って、ギル⁉」

いつの間にか部屋に入ってきていたギルバートが、リリアンをうしろから抱きすくめながらコルセットの紐をキュッと締め上げた。

「これでいいかい？　あんまりきつくすると内臓によくないらしいよ」

のんきな気遣いを見せながら、ギルバートは器用な手つきで紐を結ぶ。リリアンは驚きのあまり固まったまんまだ。

するとギルバートは体を離し、椅子の上にかけてあったドレスを手渡してくる。

「おはよう、リリー。ずいぶん早起きだね。で、どうして侍女も呼ばずにせっせとひとりで身支度してたの？」

信じられない、という表情でリリアンは彼を見つめた。昨夜あんなことがあったというのに、どうして彼はなにも変わらずいられるのだろう。

（……結局、ギルにとって私が泣いて怒ったことは取るに足らない出来事なのね）

そう思うと、また悲しい気持ちが込み上げてきた。

「ほっといて。ギルには関係ないわ。それに、なんでギルまでこんな早起きなのよ。まだ寝てればいいのに」

返す言葉が、つい刺々《とげとげ》しくなる。もうこれ以上かまわないでほしいし、王宮を出ていくことを知られてとがめられるのも嫌だった。

「朝早くから隣の部屋でドタバタやってるんだもん。そりゃ目が覚めて何事かと思うさ。で、鞄を用意して手紙を残して、リリーは僕に無断でどこへ行こうとしてたのかな？」

部屋をぐるりと見回してギルバートが言う。どうやら彼にはリリアンの企みがバレバレらしい。

リリアンは一瞬言葉に窮したが、開き直って口を開いた。

「帰るの、屋敷に。もうここにはいたくないから」

きっぱりと言いきると、ギルバートは驚いたようすも見せずにハーッとため息を吐き出した。

「すごいよね、リリーは。この王宮で僕の言うことをきかないのは本当にきみだけだよ。まあ、そういうところがきみらしくてすごくいいんだけどさ」

褒めているんだかあきれてるんだかわからない言い草だ。

ギルバートは自分の前髪をくしゃりと乱暴にかき上げると、今度は静かにため息をついてから言った。

「でも出ていくのは駄目。それだけは許してあげられない。きみが望むなら何万着のドレスでも新しい離宮でもなんでも用意してあげるけど、僕から離れることだけは許さないよ」

その言葉を聞いて、リリアンは不満を思いきり顔に出してしまう。

そこまでしてギルバートは自分のことをおもちゃにしたいのかと、心がますます傷ついた。もしかしたら昨日リリアンをもてあそべなかったので、彼は意地になってるのかもしれない。

「もういいでしょう？　ギルはこの数日間で私をさんざんからかったじゃない。もうたくさんよ。私を屋敷に帰して」

「駄目だ。それにきみの屋敷は今修復の工事中で入れないぞ」

「それでもいい。馬小屋で寝るから」

「だったら僕も王宮を出てきみと一緒に行く。一緒に馬小屋に寝泊まりする」

なぜそこまで執着してくるのか、リリアンにはわからなかった。まるで子どもの駄々だけど、ギルバートの顔は真剣だ。濃青の瞳でまっすぐにリリアンを見つめてくる。

いつの間にかリリアンよりずっと高くなってしまった目線は、無邪気さの代わりに雄々しさを増した気がする。大人の覚悟を持った、真剣みを感じる。

きっと彼は本気だ。リリアンが王宮を出ていったらどこまでも追いかけてくるつもりだろう。そんなことをしたら、宮廷中、いや、国中の人が困ってしまうというのに。

「……ギルの馬鹿。王様なのにそんなことしたら駄目じゃない」

今度はリリアンのほうがため息をこぼした。すると、途端にギルバートは子どものように拗ねてしまう。

「だって、きみが意地悪言うから」

いじけたときの口調は、子どもの頃とまったく変わっていない。大人になって国王にもなったというのに困った人だなあと思うと同時に、リリアンは安心もしてしまう。

ああ、やっぱり私の大好きなギルバートだ、と。

「もう、仕方ないんだから。でも約束して。……もう絶対、昨日みたいなことはしないって」

リリアンがたしなめると、ギルバートは口をつぐんで考え込んでしまった。形のいい眉が八の字形に下がってしまっている。まるで餌をもらえない子犬みたいだ。

「……リリーは僕のこと嫌いなの？」

昨夜と同じ質問だったが、リリアンは今度は冷静に意見を述べる。

「私がギルを嫌いなわけないじゃない。でも、それとこれとは別よ。ああいうことは戯れでしていいことじゃないわ」

「別じゃないし、僕は戯れのつもりでもない」

間髪をいれず反論されてしまい、今度はリリアンが眉をひそめてしまった。

ギルバートは国王だ。今は独身だけどいずれ王妃を娶《めと》るのだろう。それは他国の王女かもしれないし、このステルデン王国の公女かもしれない。けれどはっきりと言えるのは、決して下級貴族である子爵令嬢のリリアンではないということだ。

いわゆる身分差というものがある以上、ギルバートがリリアンと結婚することはない。決して妻にはしない女の体をもてあそぶことは、戯れ以外のいったいなんだというのか。

口から出まかせを言うほど彼は軽薄になってしまったのかと思うと、リリアンの胸にまたひとつ悲しみが落ちた。

「……とにかく、私はああいうことはしたくないの。ギルが考えを改めないなら、私はここを出ていくし二度とあなたと顔を合わせないわ」

しっかりと自分の意志を伝えると、ギルバートはあきらかにしょんぼりとして「……わかった」と小さく答えた。しかし。

「もう服を脱がせたり胸を触ったりはしない。でも、キスくらいはいいよね？」

めげない彼の言葉に、リリアンはますます眉根にしわを刻む。

「キスも駄目！」

「厳しいなあ。……じゃあ、舌を絡めなければいい？　チュッて、バードキスなら」

「だーめ！　キスも体のどこかを舐めたりするのも禁止！」

「じゃあ抱きしめるくらいはいいよね、子どもの頃からしてたんだし」

らちが明かない交渉は続き、結局ふたりの落としどころは『軽い抱擁と手つなぎまでは可』となった。そしてすべての話し合いが済んだ後、リリアンは話に夢中で自分がずっと下着姿だったことをようやく思い出し、真っ赤になりながらギルバートを部屋から追い出したのであった。

「国王陛下はリリアン様のことを信頼しておられるんですねえ」

そんなことを口にしながら、ファニーはリリアンの着替えを手伝った。

あの後ギルバートから指示があって、リリアンは乗馬用のルダンゴトのドレスを着るように言われた。もちろん、足もともハイヒールではなく乗馬用ブーツにするようにと。

「幼なじみだからよ。特別信頼されてるわけじゃないと思うわ」

着替えが終わると、リリアンは今度はドレッサーの前でファニーに髪を編み込んでまとめてもらう。

「そうでしょうか？　だって国王陛下が宰相様以外の方と馬で遠乗りされるなんて初めてですよ」

鏡の中の乗馬スタイルの自分を見ながら、リリアンは心の中で（そうだったんだ）とつぶやいた。

「私は屋敷にいたときよく馬に乗っていたからじゃない？　きっと乗馬相手にちょうどいいと思ったのよ」

モーガン邸の領地は広い農地がほとんどだ。移動に馬は必須なのでリリアンも乗馬の腕はそれなりに身につけている。だからといって、国王の乗馬相手になりうるほどの腕前かと問われたら違う気もするが。

今朝のこともあって、ギルバートはリリアンに甘える手段を変えたのだろう。性欲のはけ口としての対象から、遊び相手に変更したのかもしれない。けれど、ファニーにそんなことを言えるはずもなかった。

リリアンが適当な理由でごまかすと、ファニーは手際よくリリアンの髪をまとめながら冗談めかした声で笑った。

「国王陛下はリリアン様を大変お気に召されているから、もしかしたら王妃に迎えたいんじゃないかって噂もあるくらいなんですよ」

「ま、まさかぁ！」

予想外の話をされて、リリアンは思わず素っ頓狂な声を出してしまった。

頭に浮かんだのは、今朝ギルバートが口にした『戯れのつもりでもない』というせりふだ。あり得ないと思い、あのときは一笑に付したが、またこんな話題が出るだなんて。

「馬鹿なこと言わないで。私は田舎の子爵家の娘よ。そりゃお爺様は元宮廷官でギルの信頼も厚いけど……でも、身分は身分だわ。教会は王家の貴賤《きせん》結婚を禁止しているって知ってるでしょう。下級貴族の私が王家に嫁ぐことはあり得ないわ」

説明するまでもなくあたり前のことだと思うのに、なぜそんな噂が立つのか不思議だった。

リリアンがきっぱりと言いきると、ファニーは「ただの噂ですから」と気まずそうに眉尻を下げて笑い、そうしてこの話題は終わった。

けれど、ギルバートが自分を特別に信頼しているのは本当かもしれないと、待ち合わせの馬房前まで行ったリリアンは思った。

普通、国王が遠乗りに行くともなれば、護衛やら侍従やら秘書官やらと付き添いやらが何十人とゾロゾロついてくるのがあたり前だ。

ところが馬房の前で二頭の馬の手綱を握って立っているのは、なんとギルバートだけだった。護衛も侍従も、側近のロニーさえつれていない。

「まさか、ふたりきりで行くの？」

「もちろん。デートのつもりだから」

当然のように言ってのけるギルバートの腰には、鞘《さや》に宝玉のついた剣が装備されている。どうやら本気で護衛をつけずに行くつもりだ。

「それって……いくらなんでもまずいんじゃない？　国王が護衛もつけないなんて」

「うん、だから早く行こう。誰かに見つかって止められる前に」

しかも彼は宮廷官らにお忍びで行くつもりらしい。そんなことをして、もしものことがあったらどうするつもりなのだろうか。

リリアンは渋い表情を浮かべたが、ギルバートはまるで遊びに誘う子どものように「ほら、早く早く」と急かして、彼女の手を引きさっさと馬の背に乗せた。


金の髪と外套《がいとう》をなびかせて馬を駆るギルバートの姿は、思わず見とれるほど凛々しいものだった。神話に出てくる騎士のようで、目を奪われてしまう。

そうして王宮の裏門から水路を越え丘を下り、河沿いにしばらく馬を走らせていると突然林に覆われていた道が開け、驚くような景色が目に飛び込んできた。

「……すごーい……」

風景のあまりのまばゆさに、リリアンはそれだけつぶやくと言葉を失ってしまう。

そこは見渡す限り一面に黄色いキンポウゲが咲き乱れる花畑だった。

どこまでもどこまでも続く鮮黄色。花のほかには細い小道と、花畑の中央に風を受けて佇《たたず》む煉瓦《れんが》造りの風車小屋があるだけだ。

「どう？　すごいだろう？」

風車の手前で馬を止めたギルバートが、リリアンを振り返って言う。その顔は、秘密の宝物を見せる子どものように得意げでうれしそうだ。

「うん、すごい……。王宮の近くにこんな綺麗な場所があったのね」

ギルバートの隣に馬を並べ、リリアンは辺りをぐるりと見回してうっとりと答えた。

モーガン邸のある田舎も草花は豊かだが、ここまで広大で鮮やかなものは見たことがない。

「林の小道を抜けなくちゃいけないからね、滅多に人が来ない場所なんだ。最初は風車小屋の番人が少し植えただけだったキンポウゲが、自生してこんなに広がったらしい。隠れた絶景って感じかな」

「へー、ギルはよく知ってたわね。誰かに教えてもらったの？」

たわいなくした質問に、答えはすぐに返ってこなかった。どうしたのだろうと思ってリリアンが隣のギルバートを振り返ると、彼は鮮黄色に輝く花畑をまっすぐ見つめたまま、やがて口を開いた。

「ずっと、離宮から見てた。王宮からだとちょうど塔の影になって見えないけど、僕の生まれ育った離宮からは遠目にここが見えたんだ。栄えた町から離れて、どこまでも続く暗い森のその奥に、金色に輝く場所があるって。ずーっと、窓から見てた」

真剣みを帯びた声で紡がれたその話に、リリアンの胸がぎゅっと締めつけられた。

健やかで逞しく育った今のギルバートを見ているとつい忘れてしまうが、彼は十二歳まで離宮に軟禁されて育ったのだ。外に出ることを許されず、存在を隠されるようにしてずっと。

体の成長が著しく遅れていたのもうなずける。成長期の子どもが太陽の下で走り回ることもできなかったのだ。肉体的にも精神的にも、彼が成長するために必要なありとあらゆるものが不足していたのだろう。

生まれてすぐに母を亡くし、父には見捨てられ、友達もおらず、薄暗い離宮でひとりぼっちで。いったいどれほど心細く寂しかったことか。いや、その環境で生まれ育った彼は、寂しいという感情すら知らなかったかもしれない。

そんな日々を送る中、春になると黄金に輝くこの地を遠い窓から見つけたギルバートはどんな気持ちだったのだろう。

その情景を思い浮かべるとリリアンは涙が出そうになって、唇を噛みしめてこらえた。

「でも、自分がそこへ行ける日が来るなんて思ってなかった。だから想像したんだ。あそこはきっと楽園《エデン》だって。つらいことも悲しいこともない素晴らしい場所で、そこに行けばきっと僕は幸福になるんだって。そんな想像ばかりしていたんだ」

目を細め、ギルバートが少し照れくさそうに笑う。その顔はリリアンの大好きな少年の頃の彼の面影がいっぱいだった。

「本当に……自分が行ける日が来るなんて思ってなかった。……あの日までは。夜中にロニーが突然僕を起こし、逃げるように馬車を走らせて王都を脱出した日、世界が変わったんだ。僕はどこへでも行ける。あの檻《おり》のような離宮から出て、どこへでも行けるということを初めて知ったんだ」

リリアンはギルバートが初めてモーガン邸にやって来たときのことを思い出していた。幼かった彼は、ひどく知識に偏りがあった。大人の言葉はよく知っているのに、子どもが皆知っているような童謡も物語も知らず、動物の触り方も花の摘み方も知らなかった。だからこそ、リリアンは彼にいつもお姉さんぶってみせていたのだけど。

十二歳のギルバートが初めて知った〝世界〟。それが、あの畑と森と草原に囲まれた屋敷と、リリアンだったのだ。

「モーガン邸で暮らした後の僕の目に映る世界は、なにもかも前とは違って見えた。自分でも不思議なくらいだったよ、どうして以前の僕は黙って自分の境遇を受け入れてきたんだろうってね。やっと――自分の心を取り戻したみたいだった」

思い出を紡ぐギルバートの瞳は、優しい。延々と続くキンポウゲの光る地平線を、安らぎと愛しさを込めて見つめている。

リリアンにとっても、ギルバートと過ごした一年は人生で一番大切な日々だったが、ギルバートにとっては、もっとずっと大きいものだったのかもしれない。『思い出』なんて言葉じゃ語れない。それこそ彼にとっては、生まれ変わった転換期と言っても間違いではないほどに。

「王宮に戻って用意されていた王太子の座に就いたとき、僕はね、たくさんのことを心に誓ったんだ。二度と籠《かご》の鳥には戻らない。欲しいものは必ず手に入れる。誰にも僕の人生を邪魔させない。そして、リリー。きみと必ずもう一度会うって」

南から吹いた風が、キンポウゲの花を揺らし鮮黄色の花びらを舞い散らせた。光の欠片のような花びらが、ギルバートのなびく黄金の髪をなでて舞っていく。

幻想的なほど美しいその光景を、リリアンはただ胸をときめかせて見つめていた。

「きみと、必ずここへ来ようって決めてた。ずっと憧れていた僕の楽園。リリーと一緒に、どうしても来たかった」

「……ギル……」

ギルバートが、ゆっくりとリリアンに顔を向ける。それは、よく知った幼なじみの顔でもあり、胸をかき乱す大人の顔でもあった。

切なげに目を細めて微笑んだギルバートが、リリアンに向かってそっと手を伸ばす。

リリアンはなにも言わずにその手を取って、指を絡め優しく握り返した。

「きみがいれば、僕はつらいことも悲しいこともない。ずっと幸福でいられる。リリー、僕にとってのエデンはきみだよ」

青い瞳と見つめ合ったすみれ色の瞳から、涙がひと筋こぼれ落ちた。

握り合った手から、ぬくもりと一緒に彼の思いが伝わってくる。ギルバートにとってリリアンがどれほど大切で唯一の存在なのかということが。

「大好きだよ、リリアン。きみが僕に心を取り戻し、愛を教えてくれたんだ」

リリアンは、ただうなずくことしかできなかった。

七年ぶりの再会は驚くことが多すぎて、たくさんのことを理解し納得することが難しかった。けれど、ふたりにとって一番大切なことが、ようやくわかった気がする。

ギルバートはリリアンに恋している。七年前からずっと。

そしてまた自分もギルバートに恋をしていたのだと、リリアンはようやく自分の本当の気持ちに気がついた。

ふたりは馬上で手をつなぎ合ったまま、しばらく景色を眺めた。

どこまでも続く光の大地は、本当に楽園の風景のようだった。時折南風が吹き抜けては、鮮黄色の欠片を妖精のようにひらひらと舞わせていく。

――幼なじみで、けれど身分違いの恋。

そんな儚《はかな》い思いを抱いたふたりにさえも、楽園の花は祝福するように花びらを舞い散らせ降り注いでくれた。


さすがに、おしのびで行ったのはまずかったのだろう。

王宮へ戻ると大臣や衛兵たちが青い顔で右往左往していた。

「へ、へ、陛下！　護衛もつけずどこへ行かれてたのですか⁉」

「御身にもしものことがあったらどうされるつもりですか！　少しはお立場というものをお考えください！」

ギルバートが馬で城門に入るなりドタバタと駆け寄ってきた大臣たちが、口々に責め立てる。しかし彼は聞く耳も持たず、どこか白けたような顔で冷たく返す。

「騒ぐな。少し出かけると手紙を残したはずだ。それに護衛などつけなくても、自分の身くらい自分で守れる。今までそうやって生きてきたんだからな」

突き放すような口調のギルバートに、大臣たちは顔をしかめたまま皆黙ってしまった。

それを見てリリアンは胸がなんだか痛む。優しいはずのギルバートが、臣下をこんなに冷たくあしらう姿は、見ていてつらい。さっきまでのギルバートと大違いだ。大臣たちは心配してくれているのだから、いくら国王といえどそんな態度はいけない。リリアンが思いきってそうたしなめようとしたときだった。

少し離れた場所からロニーがじっとこちらを見ていることに気づいた。

以前、執務室で見たときと同じ異様なほどなんの表情も浮かべていない顔だ。リリアンはなんだか背中に嫌な緊張を走らせる。

「じゃあね、リリー。また後で」

ロニーに気を取られていると、ギルバートはそう言い残して馬から下り大臣たちに囲まれて王宮へと戻っていった。

「あ、うん……。またね」

ギルバートにそう返事し再び振り返って見ると、もうそこにロニーの姿はなかった。

部屋に戻って着替えを済ませたリリアンのもとを訪れたのは、ドーラ夫人だった。

ここ数日は顔を合わせていなかったのでなんだろうと思っていると、ドーラはリリアンをソファに座らせ、相変わらずのいかめしい表情でお説教を始めた。

「男性というものは基本的に刺激を好むものです。そして、それをたしなめてさしあげるのが女性の仕事。いくら陛下に誘われたからと言って、護衛もつけず出かけるなどもってのほかです。あなたが陛下をお止めにならないでどうするんですか」

「はあ……」

まさか、ギルバートのことで叱責されるとは思わず、リリアンはなんとなく腑《ふ》に落ちない。

たしかに彼の立場を考えれば止めるべきだったのだろう。けれど、幼なじみとして忠告することはできても、彼は国王だ。命令し制御する権限などリリアンにはない。

そもそもリリアンがずっとギルバートに振り回されっ放しなのは、見ていてわかるはずだ。どんなにあらがったところで、彼の強引でしたたかな甘え方を前にしては、リリアンはなす術もないというのに。

「ごめんなさい、次からは気をつけます……」

謝罪を口にしたものの、リリアンは不満を覚える。なぜドーラ夫人は自分にこんなにも理不尽に厳しいのだろうという疑問が、再び湧き出た。

（ドーラ夫人はきっと田舎娘の私のことが嫌いなんだわ）

そうとしか思えなかった。会うなり叱責され、王宮に来るまでの旅路でもケチをつけるように作法から動作まで細かく注意され、あげくの果てには国王をもっとコントロールしろなどと無茶を言う。これが嫌がらせ以外のなんだというのか。

公爵夫人という高い身分を持ち、洗練された王宮で女官長を務めるドーラ夫人から見れば、リリアンはさぞかし野暮ったく見えて鼻につくのだろう。そんな女が主君と懇意なのも気に入らないのかもしれない。

せっかくギルバートが思いを告げてくれたというのに、リリアンは堅苦しいドーラ夫人の監視から逃げて早くモーガン邸へ帰りたくなってしまったのだった。


（……なんだか眠れない）

その日の夜中。リリアンは寝床に就いてからもなかなか寝つけないでいた。

それも仕方がない、ギルバートのことを考えると胸がドキドキと高鳴って目が冴《さ》えてしまうのだから。

（ギルは……私のことを本当に好きだったんだ……）

幼なじみとしてとても慕われていることはわかっていた。けれどそこに深い恋慕の気持ちがあったとなると、話は違う。抱きしめてきた意味も、キスの意味も、みんな変わってきてしまうのだから。

意識してしまうと、そのすべてが恥ずかしくてたまらない。リリアンが戯れだと思い込んでいたとき、ギルバートは本当はどんな思いで触れてきていたのだろう。恥ずかしがって抵抗するリリアンの姿は、彼の瞳にはどう映っていたのだろう。

そんなことを想像すると、リリアンは頭が熱くなって顔から火を噴きそうになってしまう。

そして、思いを告げられたことで自分も彼に恋していたことに気づいた。幼なじみだから、身分が違うから、そんな思い込みでくるまれていた気持ちの中に、本当の心があった。ギルバートのことを、男性として愛していると。

振り返ってみれば簡単なことだった。抱きしめられたときだって、キスのときだって、リリアンは全然嫌ではなかったのだから。

ただ恥ずかしくて、こんなことはいけないという思い込みがあって必死に拒否していただけで、嫌悪感など一度も湧いたことがない。もし同じことをほかの男性にされていたのなら、リリアンは吐き気を催すほどゾッとしただろう。

（じゃあ、胸を触られたときは……？）

考えてみれば、それもたやすいことだった。リリアンは彼の性のはけ口になることが悲しかっただけなのだから。

好きだからこそ、ふらちな関係になりたくない。体だけでなく心も愛してほしい。恋する乙女ならばそう願うのは当然のことだろう。

（それならもし、ギルがまた体に触れてきたら……？）

そこまで考えて、リリアンは額に汗をかくほど鼓動が速まってしまった。ギルバートがリリアンを愛していると知ってしまった以上、その行為はけがらわしい情欲ではなく、自然な欲求に思える。果たしてそのときが来たら、自分はそれを受け入れるべきなのか、拒むべきなのか。

ギルバートが情熱的に見つめ、大きな手で体をなでてくる姿をうっかり想像してしまって、リリアンの頭はついに沸騰してしまった。

「駄目！　こんなの眠れない！」

極限まで鼓動を走らせてしまったリリアンはベッドから飛び起き、窓を開けて火《ほ》照《て》った顔を夜風にさらした。

社交界デビューをしていない彼女に、恋や異性の話をするような友人はいない。領地には年の近い子どもはいなかったし、侍女や教育係もそんな話をする前にいなくなってしまった。

恋愛に関してまったく無知なリリアンにとって、ギルバートとの恋は刺激的すぎる。相手はこの国の頂点に立つ男性で、魅力あふれる容姿を持ち、リリアンを溺愛しているのだ。いつだってそばにいたがって、触れたがって、すでにキスまでしてしまった。恋愛初心者のリリアンが手に負えないのも仕方ない。

今の気持ちに比べたら、幼い頃ロニーに憧れて背伸びしようとしていた気持ちのなんとかわいらしいことか。ふと昔のことを思い出して、リリアンは苦笑してしまった。

そのとき。

扉の外でなにか物音が聞こえた気がして、リリアンはハッと振り返った。

部屋は静まり返っていて、なにも変わったようすはない。気のせいかと思ったけれど、息を潜めていると、やはり気配を感じた。

足音を忍ばせ扉に近づいてみる。扉にそっと耳を当ててみると、どうやら誰かが廊下を通ったような足音が聞こえた。

（こんな時間に……誰？）

一瞬恐怖を抱いたが、すぐに考え直した。

リリアンの部屋の隣はギルバートの寝室だ。彼の部屋の前には衛兵が立っている。ほかにも王家の居住区であるこの最上階では、階段前などに衛兵が夜通し立っているはずだ。不審者が侵入してくる可能性は少ないだろう。

ということは、この階を自由に行き来できる者――ギルバートやドーラ夫人らのイーグルトン家、あるいは親類の者、特別に部屋を用意されているリリアンとジェフリー、あるいは侍従長など王の側仕えが許されている者らの誰かしかいない。

こんな夜中に歩き回っているのは変だが、眠れなくて散歩でもしているのだろう。

リリアンがそう考えていると、足音はどうやら奥の回廊へ向かっていることがわかった。

回廊は例の王家の肖像画が並んでいるところだ。夜中に行くような場所でもないと思うが、リリアンにはわからない事情がなにかあるのかもしれない。

(別に、私が気にすることじゃないわね)

不審者ではないのなら、とりたてて心配することもない。リリアンはホッと胸をなで下ろし、踵を返してベッドへと戻った。

ベッドに潜りまぶたを閉じると、再び静寂がやって来る。

夜の帳《とばり》に包まれた王宮の静寂。

その静けさの中に様々な思いが満ちていることを、初めての恋に胸ときめかせているリリアンは、まだ気づいていない。

第六章　国王の仮面

翌朝、目が覚めて開いた瞳に最初に映ったのは、ご機嫌そうなギルバートの満面の笑顔だった。

「おはよ、リリー。今日もかわいいね」

寝顔を思いっきり覗き込まれていたことに気づいて、起き抜けのリリアンの頭が一瞬で目覚める。

「ギ、ギル……！　な、なにしてるのよ」

「なにって、リリーを起こしに来たんだよ。でももうベッドに入るのは禁止なんだろう？　だからこうして寝てるリリーを眺めて起きるのを待ってたんだ」

起こしに来たのなら声をかけるなりしてさっさと起こせばいいものを。ずっと寝顔を見ていたなんて悪趣味だとリリアンは怒ろうとする。

けれど、ベッドに頬杖をついてニコニコとしているギルバートを見ていると、そんな気持ちはしぼんでしまった。

「もう……、寝てる顔見られるの恥ずかしいのに……」

なんだか照れてしまって、手繰《たぐ》り寄せたシーツで顔を隠せば、ギルバートは邪魔だと言わんばかりにそれをクイクイと指で引っ張った。

「照れてるの？　かわいい、リリー。ねえ、恥ずかしがってる顔もっと見せてよ」

そんなことを言われては、ますます顔が赤くなってしまう。このままではいつまでもくるまったシーツから出られなくなってしまうと思い、リリアンはゴロリと寝返りを打ちギルバートに背を向けた。

「あ、朝からあんまり困らせないで。すぐに支度するから、ギルは先にブレックファストルームに行ってて」

そう言うと、ギルバートはクスクスとうれしそうな笑い声を立てた後、「わかった、先に行ってるね。ほんっと、リリーってかわいいんだから」と素直にベッドから離れ、部屋を出ていった。

ようやくシーツから顔を出せたリリアンだけど、朝から加速を始めてしまった胸の鼓動は、なかなかもとには戻らなかった。

「今日は来客があるから、今夜の晩餐は一緒に取れないんだ。ごめんね、リリー」

朝食の席に着くなりギルバートはリリアンに向かってそう謝ってきた。

国王ともなれば、国内外からの客が多くて当然だ。それをもてなすのも仕事なのだから仕方ない。

「別に謝らなくてもいいのに。それがギルのお仕事でしょう」

残念じゃないと言えば嘘になるが、そもそもただの子爵令嬢のリリアンがギルバートを独り占めしているほうがおかしいのだ。それに対して駄々をこねるほどリリアンは子どもではない。

けれど、ギルバート本人は違っているようだ。

「僕はリリーと晩餐が取りたかったよ。きみとじゃなきゃ、どんな料理を食べたっておいしくないし食欲も湧かないのに。リリーはそうじゃないの？」

拗ねた口調で言われてしまって、リリアンはパンを手に持ったまま眉尻を下げて困ってしまう。

「私だってギルとご飯が食べたいけど……、でも晩餐会は国王の大切な仕事でしょう？　それで会談や交渉が円滑になって、国に利益をもたらすなら素晴らしいことじゃない」

そんなことはリリアンが言わなくとも彼だってわかりきっていることだろう。しかし、当然のことをたしなめたリリアンに、彼は手にしていたカップを置くと、ひとつため息をついた。

「……晩餐会なんか大っ嫌いだ。腹の探り合いをしながら飲むワインなんて、泥水の味がするよ。国民に還元される利益があるって思い込まなきゃ、席に一秒だって着いていられるもんか」

嘆くように吐き出された言葉は、きっとギルバートの本音だろう。

臣下たちとの食事さえ嫌がる彼にとって、他国の王侯貴族との食事会などもっと苦痛に違いない。本音を見せず駆け引きをしながら取る食事が決して美味ではないだろうことは、リリアンにも容易に想像がつく。

けれど、それを避けることができないのが国王というものだ。彼の代わりはどこにもいないのだから。

なんだかギルバートが気の毒になってきてしまったリリアンはしばらく考えて、ひとつの提案を思いついた。

「そうだわ。じゃあ、夜寝る前に一緒に温かいミルクを飲みましょう。ギルが晩餐会をがんばってきたら、特別に蜂蜜をたっぷり入れてあげる」

その言葉を聞いて、ギルバートがキョトンと目を見開いた。

ギルバートは甘いミルクが大好物だ。ふたりがモーガン邸で暮らしていた頃、彼がリリアンの靴をピカピカに磨いたり、上手に髪を編み込んでくれたときなど、ご褒美に甘いホットミルクを入れてあげたことがあった。

とくに、夜寝る前にふたりで一緒に甘いミルクを飲むのがギルバートは大好きだった。

『ミルクに蜂蜜を入れると、眠りの妖精がやって来て楽しい夢を見る魔法をかけてくれるのよ』

リリアンが童話で読んだ知識を披露すると、幼いギルバートは感動で目をキラキラと輝かせて言った。

『じゃあ今夜は一緒に寝ようよ。そうしたら一緒に同じ夢が見られるかもしれないよ』

そうして心地よい甘さと温かさに包まれながら身を寄せ合って寝たことは、今でも顔がほころぶほどのいい思い出だ。

そんな懐かしい話を持ち出されて、ギルバートはしばらくまばたきを繰り返した後クスクスと楽しそうに笑った。

「さすがリリーだ。僕が最高に喜ぶご褒美がわかってる。じゃあ約束だよ。僕がきちんと務めを果たしてきたら、今夜は一緒に甘いミルクを飲もう」

明るい笑顔になったギルバートを、今でもやっぱりかわいいと思ってしまう。眉目秀麗の青年になったって、彼の笑顔はリリアンにとって世界で一番の宝物だ。

「ふふ、甘いミルクでそんなに喜ぶなんて。ギルったら子どもみたい」

思わず肩を揺らし笑いをこぼせば、ギルバートはそれを見て目を細めつぶやいた。

「その後は昔みたいに一緒に寝て、一緒に気持ちいい夢が見られたら、もっとうれしいんだけどなあ」

「え？　なに？」

「ん？　なんでもないよ」

一瞬、青い瞳に妖しい色が浮かんだ気がしたけれど、彼はすぐに視線を伏せスープを飲みだしたので、リリアンは気にしないことにした。


どうやら、今日は近隣国からの外交官らが新たに国王になったギルバートへ謁見に訪れているようだ。晩餐会も大がかりなもののようで、晩餐後の舞踏会には国内の上級貴族も招かれているらしい。

王宮内はいつにも増して賑々《にぎにぎ》しく、ギルバートも多忙なのだろう。リリアンの前に姿をまったく現さなかった。

「すごいわね、馬車がさっきからひっきりなしに門内に入ってくる。ものすごい数だわ」

自室の窓から外を眺め、リリアンがつぶやく。水路を渡ってすぐにかまえられているオアーブル王宮の正門は巨大で、衛兵が何人もついている。今日はさらに人数も多く、続々とやって来る馬車に門も開きっぱなしだ。

これだけの、しかも異国の客を相手にするのはさぞかし大変だろうと思う。国王としてのギルバートをみくびっているわけではないが、まだ年若い彼が他国の百戦錬磨の外交官を相手に、うまく渡り合えるのか少し心配になってしまった。

しかし、リリアンのそばに控えていたファニーは意外なことを述べた。

「そうですね。どの国も今はギルバート陛下に取り入ろうと必死ですから。倉庫が献上品の山で埋まりそうですね。もっとも、あの陛下相手ではいくら貢物《みつぎもの》をしたって無駄でしょうけど」

「え？　そ、そうなの？」

初めて聞く話に、リリアンは思わず尋ね返してしまう。毎日国王と一緒に過ごしているというのに、ステルデン国の外交事情についてなにも知らなかった自分が少し恥ずかしい。

けれどファニーはコクリとうなずくと丁寧に説明してくれた。

「三年前、当時王太子殿下だったギルバート様のご命令で、未開の鉱山の調査が始まったんです。その結果、貴重な鉱石が広域にわたって発見され、ステルデンは今や世界有数の資源国家になりました。豊富な資源と先見の目を持つ若き王を有するこの国は、今や他国にとって最も味方につけたい国ですから、近隣諸国は必死ですよ。なんとか友好条約や貿易協定を結びたくて、陛下にこびへつらってるありさまですよ」

ファニーの話を聞きながら、リリアンは何度も目をぱちくりとしばたたかせてしまった。

自分が田舎の屋敷に引きこもっているうちに、この国がそんなに大きく様変わりしていたなんてまったく知らなかった。

しかも資源を発掘し莫大《ばくだい》な富をもたらしステルデンを資源大国として成長させた張本人が、あのギルバートだなんて。たった今、彼のことを大丈夫だろうかなどと心配していた自分が恥ずかしい。

「じゃ、じゃあステルデンは安泰ね。ギルがそんなに頼もしいだなんて、驚いちゃった」

無知だったことを恥じながら苦笑をこぼす。するとファニーは少しだけ眉尻を下げて声を潜めた。

「ただ……陛下はあの通り、冷たいお方ですから。いくら優位な立場とはいえ、あまり他国の賓客相手に尊大な態度をとらなければよいのですけど」

それを聞いたリリアンの顔が、悲しげに曇る。

賓客との晩餐会を『腹の探り合い』などとけなすほどだ、ギルバートが外交に長けつつも決して好意的な態度で臨んでいないことは予想がついた。

「……ねえ、ファニー。舞踏会って、後で少しだけ覗いちゃ駄目かしら？」

「舞踏会に……ですか？」

驚いた顔を向けるファニーに、リリアンはコクリとうなずいた。

宮廷官でもないただの下級貴族の娘がなにかできるとは思わない。けれど、ギルバートのことがどうしても心配だったのだ。

リリアンはこの王宮に来てから彼の新しい面を知るたびに、苦しくもどかしく思っていた。

今のギルバートはリリアンのよく知る無邪気で素直で優しい幼なじみではない。有能でありながら人を信じられず冷酷に振る舞う悲しい国王でもあるのだ。

そんな彼の癒やしになれればと思っていたけれど、できることならばもっと力になりたい。癒やし、支え、時には子どもの頃のように彼を叱咤し間違いをいさめてあげられればと思う。

　ギルバートはこのままでは、きっといけない。冷酷な王のままでいたならば、いつか臣下らは離れていき、外国からは敵視されるようになるだろう。

　それを叱ってあげられるのは、唯一彼が心を開いている自分だけだと、リリアンは強く思った。

　ドーラ夫人が言っていた意味が、少しわかった気がする。子爵令嬢が国王に異を唱える権利はないが、幼なじみのリリアンとしてなら彼の間違いを正してあげることはできるのだから。

　戸惑いを見せていたファニーだったが、リリアンが真剣な表情を崩さずにいると、

「かしこまりました。でしたら舞踏用のドレスにお着替えになったほうがよろしいですよ。そのほうが目立ちませんから」とすぐに支度を始めてくれた。


　オアーブル宮殿の大舞踏室を解放されて行われた舞踏会は、実に華やかなものだった。ステルデンと貿易協商、あるいは軍事協定を結んでいる国の各要人が招かれ、賑わいの中にもどこか緊張感が漂うことも否めない。

　舞踏会場をうろついても目立たないように、ファニーにドレスアップしてもらった

リリアンは扇で顔を隠しつつ、人混みの中からキョロキョロとギルバートを探した。

どうやら乾杯の挨拶も済んだようで、会場は宴もたけなわだ。クリスタルシャンデリアが鏡張りの壁に反射してキラキラと輝くホールでは、着飾った紳士淑女が宮廷楽団の奏でる軽快な曲に合わせてポルカを踊っている。

（ギル、どこかしら……）

壁際を歩きながら会場を見回していると、進行方向の先にギルバートの姿を見つけた。

銀糸の刺しゅうで彩られた濃紺のジュストコールに絹紋織《もんおり》の白いベストという雅《みやび》やかな衣装に身を包んだギルバートは、腕を組み窓際に立っている。その周囲には侍従長のセドリックはじめ、幾人かの臣下らがついていた。

しかし、ギルバートは明るい舞踏会場とは反対に表情が険しい。手にしているシャンパングラスを時々傾けては、どこか冷ややかなまなざしで踊る人々を眺めている。

彼がこの舞踏会をまったく楽しんでいないことが伝わってきて、リリアンは不安になってしまう。苛立ち、疲弊、侮蔑、そんな心情が青い目にはありありと浮かんでいる。もてなす側の主催者である彼がそんな表情を浮かべているなんて、とリリアンは不安でたまらなかった。

すると、リズミカルなポルカの曲が終わり、続いてゆったりとした優しいワルツのメロディが流れだした。踊っていた人たちはそれぞれパートナーを変えたり休憩に入ったりと、動きを見せる。

ワルツは男女ふたりきりで体を寄せ合い踊るので、そのとき最も親密になりたい相手を誘うことが多い。

ギルバートのもとにも、幾人かの女性たちがやって来た。それを見てリリアンは胸がチクリと痛む。

年若くして王位に就いた未婚のギルバートに嫁ぎたい者は山ほどいる。ステルデンは資源大国としてこれからの発展がおおいに期待できる国だ。どの国の王侯貴族もステルデンとつながりを作りたくて、こぞってこの舞踏会に自分らの娘を送り込んでいるはずだ。

理由はもちろんそれだけではない。ギルバートは稀有なほどの美丈夫だ。背は高く男らしい逞しさもありながら彫刻のような整った美麗さもある。物腰は優雅な品格を持ち、それでいて笑うと無垢な少年のように愛らしい。王妃の座という条件を抜きにしたとしても、彼と結婚したいと思う女性も多いだろう。

つまり、ギルバートにダンスを申し込もうとしている女性らは、いわば彼の花嫁候補だ。きっとリリアンとは違い上級貴族、あるいは王家の血筋の身分を持つ娘たちに違いなかった。

いくらギルバートと思い合っていたって、身分差がある以上リリアンが結ばれることはない。それを思うと、彼に堂々とダンスを申し込める彼女たちがうらやましく、妬ましく思えてしまった。

胸が苦しくなってしまってリリアンが目を逸《そ》らそうとしたときだった。

「ギルバート陛下。よろしかったら私と一曲踊っていただけませんか？」

積極的な娘が、最初にギルバートに声をかけた。真紅のドレスをまとった美しい娘だ。国王に向かって物おじせず声をかけたところを見ると、相当身分の高い令嬢なのかもしれない。

声をかけられたギルバートの口もとが、ニコリと弧を描いた。それを見てリリアンの胸がまたズキリと痛む。しかし。

「これはこれは、チエール国のエレナ大公女殿下ではありませんか。四年ぶりですね」

「まあ、覚えていてくださったのですね」

「ええ。あなたのお父上が私にされたことは、忘れようもありませんから」

ギルバートに覚えていてもらえたことで頬を染めた令嬢の顔が、一瞬で青ざめこわばった。周囲の臣下らも、気まずそうに顔をしかめる。

「あの……でも、父は今では考えを改めていますし……それに私は、ずっとギルバート陛下のことを……」

令嬢は哀れなくらいに覇気をなくし、顔をうつむかせながらしどろもどろになってしまう。リリアンにはふたりにどんな事情があったのかわからないが、今にも泣きだしそうな令嬢の姿を見ているとあまりにかわいそうでつい眉根を寄せてしまった。

けれどギルバートは顔から作り笑いを消すと、苛立ったように低い声で告げた。

「では帰ってあなたの父上に伝えるといい。ステルデン国王が最も嫌うのは、権力にこびへつらうプライドのない犬だとな。そして私は、犬と踊る趣味はない」

リリアンは耳を疑った。けれど、そのあまりにひどい罵倒は空耳などではなく、その証拠に周囲は水を打ったように静まり返り、令嬢の顔はみるみる涙に濡れていった。

それでも令嬢は気丈に一礼をすると、すぐさま踵を返し会場から走り出ていった。

リリアンはそのようすを、ただ驚いて目で追うことしかできない。

会場はすぐに賑やかさを取り戻したが、気まずさが漂う雰囲気は繕いようもなかった。ギルバートにダンスを申し込もうと思っていたほかの令嬢たちも怯《おび》えたような顔でその場から離れ、ステルデンの臣下らも困惑を滲ませていたが、ギルバートだけは動じることなく冷ややかな表情でシャンパングラスを傾けていた。

今までも臣下らに冷たい態度をとっている姿は見たことがあるが、女性に向かってあんな辛らつな言葉を吐き捨てるギルバートの姿は、リリアンにとってショックだった。

昔のギルバートはいつもニコニコとあどけない笑顔を浮かべた優しい少年だった。一緒に怪我をした鳥を拾ってきて、親身に世話をしたこともある。

今だって彼は十分に優しい。リリアンの荒れた手を気遣って香油を贈ってくれた真心は、あの頃と同じもののはずだ。

それなのに。賓客の令嬢を罵倒して泣かせるギルバートの姿が信じられなかった。

（本当にあれはギルなの……？）

ともに過ごすときの優しい笑顔と、冷徹な国王の顔。どちらが本当のギルバートなのだろうか。少しだけ悩んだけれど、頭を振ってそれを払しょくする。

（どっちだってかまわない。ギルはギルよ）

そう思い直して顔を上げたリリアンは、ギルバートがけだるそうにひっそりと舞踏室から出ていったのを見て、慌ててその後を追いかけた。

どうやら彼は外の空気を吸いに行ったらしい。人目にさらされることに疲れたのだろうか、人けのない廊下から静かなバルコニーへひとりきりで向かう。

リリアンは辺りに人がいないことをうかがってからすぐさま後を追い、バルコニーにつながる掃き出し窓を開いた。

無遠慮に窓が開いたことに、振り返ったギルバートが一瞬不機嫌そうに顔をしかめた。けれど、それがリリアンだということに気づくと、目をまん丸くして驚く。

「リリー？　どうしてここに？　それにその格好……？」

彼が驚くのも無理はない。部屋で留守番しているはずのリリアンがレモンイエローの舞踏用ドレスを着て、こんなところにまでやって来たのだから。

けれどギルバートはすぐに表情をやわらげると、小走りでリリアンのもとに駆けてくる。

「もしかして、僕に会いたくなって舞踏会場に忍び込んできたのかい？　うれしいなあ」

ニコニコとうれしそうな顔はまるで邪気がない。さっき他国の令嬢をけなした男と同一人物とは思えなかった。

「リリーの舞踏用のドレス姿、初めて見た。すごく綺麗だよ。でも胸を出しすぎかな。

僕だけならいいけど、ほかの男には見せたくない」

相変わらずのギルバートに、リリアンもうっかり笑いだしそうになってしまう。けれど。

「ギル」

リリアンはすみれ色の瞳でキッと見上げると、両手を伸ばし彼の頬をぐにっとつかんだ。

「っ⁉　な、なに？　いひゃいよ、リリー！」

「悪い子！　女の子に意地悪を言って泣かせるなんて、私、そんな悪い男の子は嫌いよ！」

リリアンが真剣な声色でそう叱責すると、ギルバートは目をしばたたかせた後、冷静に頬をつまんでいた手を離させた。

「……見てたんだ？」

つぶやくように聞いたギルバートは、苦笑とも自嘲ともとれない微《かす》かな笑みを浮かべている。無邪気とも冷酷とも違うその表情に、リリアンの胸がなんだかドキリとした。

リリアンが無言でうなずくと、彼はつかんでいた手を離しフーッとため息をつく。

そして綺麗に整えられている前髪を、クシャリと手でかき上げた。

「あの女の父親はね、四年前僕が外交に行った際、会いもせず門前払いしたんだよ。とんだ侮辱さ。その頃はまだシルヴィア復権派が勢力を保っていてね、いずれエリオットが王位に就くって信じてる奴らがいっぱいいたんだ。チエール国はうちの友好国だけど、大公らの間ではシルヴィア復権派につくか、僕ギルバート新王太子につくかで分かれてたみたいでね。あの女の父親はシルヴィア復権派だったたってわけさ」

　話しているうちに、ギルバートの声からやわらかさが消えていく。代わりにへきえきとした苛立ちが感じられて、リリアンは悲しくなってしまった。

「国内外問わず、そういう奴は大勢いるよ。シルヴィアの復権を信じていた奴は、僕が王太子の座に就いてからもずいぶんなあしらいをしてくれたもんさ。けど、僕がステルデンを資源大国に押し上げ、シルヴィア復権の可能性を完全に叩きつぶし、王位に就いた瞬間、笑えるほど手のひらを返してきたんだ。さっきの令嬢だってそうさ。あきれるのを通り越して感心するよ、自分の父親が四年前僕にどれほどの無礼を働いたか知っていながら媚《こび》を売ってくるなんて、卑しいにもほどがあるってね」

　ギルバートの表情は、いつもリリアンに見せる素直なものではなくなっていた。青く綺麗なはずの瞳には、憎しみや怒りすらも浮かんでいる。口角をゆがめて笑う口もとからは、愚かな他人と哀れな運命に翻弄された自分へのあざけりさえ見て取れた。

「……ギル……」

どう返していいかわからずリリアンが小さく呼びかければ、ギルバートは我に返ったようにハッとした後、気まずそうに口もとに手を当てた。

「……ごめん。リリーにこんな話、聞かせるつもりじゃなかった」

そうして彼はくるりと背を向けると足を進め、大理石でできた欄干に手をかけてうつむいた。

「……こんなことばっかりなんだ。王太子になっても、国王になっても、周りは敵ばかりで誰も信じられない。リリーだけだ、本当の僕を好きでいてくれるのは」

夜空の下で嘆くギルバートの背中は、暗闇に溶け込んでしまいそうで不安になる。

リリアンは彼に近づくと、その悲しそうな背を静かに抱きしめた。

「ごめんね、今までギルがそんなに苦しんでいたなんて全然知らなかった。ずっと、力になってあげられなくて……ごめんね」

リリアンは自分を不甲斐《ふがい》なく思う。離れていた七年間、ギルバートはずっと戦っていた。陰謀と謀略と欲望の渦巻く中で。きっと何度も裏切られたのかもしれない。人の持つ汚さをこれでもかと見せつけられながら生きてきたのだろう。

なにも知らなかったとはいえ、その間、救いの手を差し伸べられなかった自分が許せない。純真で無垢だったギルバートを冷酷な覇権者に変えてしまった七年間が、憎くて口惜しくて仕方なかった。

背中にすがってきたリリアンに、ギルバートは一瞬ビクリと肩を震わせたが、振り向くことはせずただ黙って彼女の言葉を聞いていた。

「でもね、ギル。もうつらくないから。これからは私がいつだって味方でいてあげる。私だけじゃないわ、お爺様だってギルの味方よ。だからもう、そんな冷たい顔をしないでいいの。そうすればきっと……あなたの味方はもっと増えていくはずよ」

なんの権力も持たない自分では、こうして彼の心を慰めるくらいしかできないことが、リリアンにはもどかしい。

けれど、ギルバートが安らぎを得て態度を軟化させれば、周囲はもっと彼に好意的になるのではないかとも思う。今の彼の態度はますます敵をつくっているように見えてならない。

せっかくシルヴィア復権派がいなくなったというのに、ギルバート自身が新たな敵をつくっていては意味がないだろう。本当に平和な日々を手に入れるためには、ギルバート本人が変わることが大事だと、リリアンは思った。

そのために自分ができることは——。

「大好きよ、ギル。なにがあっても、私はあなたのことが一番好きだから。神様に誓うわ、私は絶対あなたを裏切らないって」

ギルバートに信じる心を教えてあげることだと、思った。

敵に囲まれ、裏切られ、欺かれて傷だらけになった心を、抱きしめて癒やしてあげること。それが自分にできる唯一のことだと、リリアンは思った。

ずっと黙ってうつむいていたギルバートが、ゆっくりと振り返る。

彼の身長はリリアンより頭ひとつ分高い。リリアンは首を上げてギルバートの顔を見上げる。

「リリー……」

今にも泣きだしそうな切ない表情は、リリアンがよく知った昔のままのギルバートだった。

やっぱりギルバートの本当の顔はこっちなんだと、リリアンは安堵《あんど》する。威圧的で冷酷な国王の顔は、彼が自分を守るための仮面だったに違いない。

リリアンは自分から腕を伸ばし、彼の頭を抱き寄せた。挨拶のハグ以外はしないという約束だったけれど、彼を抱きしめずにはいられなかった。

素直に抱き寄せられたギルバートも腕を回し、リリアンの体をぎゅっと抱きしめる。逞しい腕の感触に、リリアンの胸が甘く高鳴った。

「リリー……、愛してる。きみがいたから、僕は今日まで生きてこられたんだ」

切なげに紡ぐその言葉が、きっと誇張ではないことがリリアンには痛い。彼の生い立ちや境遇を考えれば、本当に心を開き安らげる存在は彼女だけだったのだろうから。

「大丈夫よ、ギル。もうなにも怖がらなくていいの。私がついてるから」

ギルバートは言葉もないまま肩口に顔を伏せ、ただ強くその肢体を抱きしめ続け、リリアンも静かにそれを受け入れていた。

ふたりきりのバルコニーは音もなく、ただ夜空に浮かんだ星たちが優しくふたりを見守っている。

やがて、ギルバートがそっと腕をほどいた。リリアンが見上げると、その顔は少しだけ照れたようにはにかんでいる。

「ありがとう。さっきまで心が腐りそうなほど苛立ってたけど、リリーのおかげで落ち着いた。……やっぱりリリーはすごいな。こんなことできるのはきみだけだ」

ほんのり頬を染めて笑うギルバートは、もう完全にいつもの彼だ。うれしくなってリリアンもにっこりと微笑み返す。

「どういたしまして。じゃあ気持ちが落ち着いたところで、さっきのご令嬢に謝ってこなくちゃね」

「ええっ？」

ギルバートは思いっきり不満そうな声をあげたが、そこは甘やかさない。リリアンはぎゅっと彼の手を握り、しっかりと目を見つめていさめる。

「たしかにチエールの大公殿下はギルに失礼なことをしたと思うわ。でも、それはあのご令嬢の意思とは関係ないでしょう？　彼女、人前で辛らつな言葉を浴びせられてきっと傷ついてるわ。どんな理由があろうと、女の子を泣かせる男の子は悪者よ。ちゃんと謝ってらっしゃい」

まるで小さい子どもを叱るように言われてしまって、ギルバートはふてくされた表情を浮かべた後、つい噴き出してしまった。

「まったく……リリーにはかなわないや」

そう言って眉尻を下げて笑った後、前髪をざっくりとかき上げる。

「仕方ない、きみがそう言うなら行ってくるよ。その代わり、約束のミルク。いつもより蜂蜜たっぷり入れておいてね」

「うん、わかった。いってらっしゃい」

さっきよりもさっぱりとした表情で、ギルバートは廊下へ続く掃き出し窓を開けてバルコニーを出ていった。

金の肩章をつけた立派な濃青のコート姿は、うしろから見ても凛々しい。それはまごうことなき、国王としての威厳を誇っている。

リリアンはそのうしろ姿を眺めてそっと願う。

どうか彼が、ありのままの笑顔で国王として生きていけますように、と。

リリアンがバルコニーから戻り廊下を歩いていると、角を曲がってきた人影とぶつかりそうになった。

「きゃっ」

「……っ、と。失礼いたしました。お怪我は？」

聞き覚えのある声に顔を見上げてみれば、それは黒いジュストコール姿のロニーだった。

「なんだ、ロニーじゃない。びっくりした」

「……リリアン様？」

ロニーはリリアンの姿を見ると、あきらかに意外そうな顔をする。その視線にリリアンは自分が舞踏用のドレス姿だったことを思い出した。

「本日の舞踏会に、リリアン様はご出席されないと伺っていましたが……」

「あ、あの。ええと、ちょっとね……」

ギルバートが心配で会場に潜入したと素直に言うのはさすがになんだか気まずい。

リリアンが言葉を濁していると、一瞬、ロニーが眉をしかめた。

「もしかして、ギルバート陛下とご一緒におられたのですか？」

あまりにも直球で尋ねられ、リリアンは口ごもってしまう。すると、そのようすを見たロニーがふっと表情をゆるめて尋ね直した。

「ああ、失礼いたしました。陛下が会場からいなくなられたので、探しているところだったのです。もしや、リリアン様とご一緒だったのかと思いまして」

そう言われて、リリアンは主催者であるギルバートと舞踏会中なのに長話してしまったことを反省する。

「そうだったの？　ごめんなさい。たしかにさっきまでギルと一緒にいたわ。でも今はもう会場に戻っているはずよ」

素直に謝罪したリリアンに、ロニーは「いえ、いいのですよ」と手を振ってみせた。

「陛下の身になにかあったわけでなければかまいません。もう会場に戻られたのなら、すれ違いになってしまったようですね。私も会場に戻るとします」

「本当にごめんなさい。そうよね、ギルの姿が見えなくなったらみんな心配するに決まってるわよね」

ギルバートの胸の内を聞けたことは後悔していないが、少し周囲への配慮が足りなかったと、リリアンは申し訳なく思う。

もう一度頭を下げると、少しの間沈黙が落ちた。そして、ロニーがつぶやくように言う。

「……いえ、リリアン様が謝ることではございません。私が陛下のおそばを離れなければよいだけのことですから」

けれど、言葉とは裏腹にその声はとても淡々としていたので、リリアンはそれがロニーの本心なのかは計りかねた。

折り目正しい一礼をしてその場を去っていくロニーを見て、リリアンはふと思う。側近である彼こそ、ギルバートのもっともよき理解者なのでは、と。

たしかロニーはもともとギルバートの母である故ミレーヌ王妃に仕えていた近衛兵だ。ミレーヌが亡くなってからはずっと息子であるギルバートに仕えている。それこそ、生まれたときから。

普通に考えれば家族ほどの絆がふたりにはあるはずだろう。七年前に暗殺の窮地から救ってくれたのだってロニーなのだから、命の恩人といったって過言ではない。

（そうよね。ギルにはロニーっていう一番の味方がいるじゃない）

そう考えると少し安心した。孤独なギルバートに信頼できる人がいることはとても大きい。

（私だって、お爺様だって、ロニーだって。それにセドリックやドーラ夫人だってきっとギルバートの味方よ）

明るい表情で前を向きながら、リリアンは廊下を歩き自室へと戻る。そして今夜は、甘いミルクを飲みながらギルバートとたくさんの話をしようと思った。

第七章　裏切りと忠誠の口づけ

舞踏会から数日が経った。

相変わらずギルバートはリリアンを四六時中そばに置き、独占欲をあらわにしている。

けれどリリアンは以前より抵抗を感じない。人前でベタベタすることや公務に支障が出そうなときははっきり断るが、それ以外のスキンシップやわがままはできるだけ受け入れてあげようと心がけていた。

（私に甘えることでギルがイライラせず周囲に優しくなれば、きっと大臣や侍従たちももっとギルを慕ってくれるようになるものね）

そんなリリアンの思いやりを知ってか知らずか、ギルバートはそばに彼女さえいれば常にご機嫌だ。

「ああ、疲れた。リリー、お茶の時間にしようよ。甘いブランマンジェが食べたいな」

「駄目よ。さっき休んだばかりじゃない。ほら、早くこっちの書類にも目を通さないと、今日中に終わらないわよ」

「真面目だな、リリーは。じゃあさ、そこのキャンディ食べさせてよ。舐めながら仕事するから。ほら、あーん」

書類の決裁をしている最中でも、この調子である。リリアンはやれやれとため息をつきながら、サイドボードに置かれている陶器のキャンディボックスからミルク味の飴《あめ》をひとつ取り出し、それをギルバートの口もとへ運んだ。しかし。

「きゃっ」

口もとに差し出されたキャンディを、ギルバートは指ごとぱくりとくわえてしまう。リリアンが驚いて手を引くとすぐに離してくれたが、楽しげな表情を見る限り過失ではないようだ。

「キャンディよりリリーの指のほうがおいしい」

しかもまったく悪びれていない。ギルバートときたら一事が万事この調子である。けれど、さっきまで書類とにらめっこしていたときには深く刻まれていた眉間のしわが消えているのを見て、リリアンは（まあ、いっか）と思うのだった。

リリアンは自分がギルバートの清涼剤であることは自覚している。しかし、ほかの者たちがどこまで許容するかは、また別の問題である。

それは、ある夜のことだった。

いつものように執務室へ呼ばれたリリアンは、なにやら室内がざわついていることに気づき扉の前で動きを止めた。

部屋から漏れ聞こえてくる声は、ギルバートと秘書官や広報官など大臣らのもののようだ。

「別に問題はないだろう。百人近くいる同行者がひとり増えるだけだ」

「しかし、陛下……、今回のチエールへの外交はエレナ大公女殿下とお会いすることが目的です。さすがにリリアン様をご同行されるのは……」

「見合いなど形だけのものだ。私はエレナ姫と結婚するつもりはない。わざわざ出向いてやるのは、先日の非礼をわびてやるためだ。勝手に結婚話を持ち出し浮かれている女のことなど、知ったことか。私はリリアンを同行させる。これは命令だ」

扉に近づき耳をそばだてて聞いた会話に、リリアンの血の気がざっと引いた。

ギルバートがお見合いに行くこともショックだったけれど、彼がそれに反発しリリアンを同行させようとしていることにも激しい困惑を覚えた。

彼が自分を愛し頑なにほかの女性を受け入れないことはうれしい。けれど、国王の立場としてそんな幼稚なわがままが許されるはずはないだろう。

国のためを思えば、彼は他国の姫君と進んで結婚すべきだ。いや、どうあがいたところでいずれはそうするしかないのだ。どんなに愛し合おうと、リリアンとは結婚できないのだから。

リリアンは叱らなければならない。『国王なのだからわがままを言わず、ふさわしい相手と結婚し早く世継ぎをもうけるべきだ』と。それが国のため、国王としての義務なのだ。

けれど、それはリリアンにとってもギルバートにとっても、あまりに残酷すぎる。

（……言わなくちゃ。わがままはいけないって。自分勝手な理由で臣下を困らせちゃ駄目って）

そう頭ではわかっているのだけど、足が動かない。

ギルバートと同じわがままが自分の心の中にもあることを、リリアンは泣きたくなるほど痛感する。

（……言えない。ギルに、ほかの人と結婚してだなんて。私の口から言えるわけないじゃない……）

結ばれないことはわかっていても、彼がほかの女性と結婚することはつらい。ましてやどうして自分の口からそれが勧められようか。

けれど、このままではギルバートは臣下や友好国であるチエール王国の期待を裏切ってしまう。彼が王としての信頼を損なうことは、リリアンの望むことではない。

（どうしたらいいの……）

扉の前で立ち尽くしていると、中からさらにギルバートの威圧的な声が聞こえた。

「馬鹿馬鹿しい見合いごっこの外交で、リリアンとひと月も離れるだなんてあり得ない。チエールへの旅は必ず彼女を同行させる、いいな。リリアンには直接私から話をしてくる」

同時に椅子から立ち上がる音が聞こえて、リリアンは慌てて踵を返し執務室から離れ走りだした。立ち聞きしていたことを、知られたくはない。

急いで自室へ戻ったリリアンだったが、頭が混乱したままで、どうしていいかわからない。

「……どうしたら……いいの……」

走って戻ってきたせいで乱れた息を整えながら部屋の扉にもたれかかり、ギルバートがやって来るまでの間になんとか冷静さを取り戻そうと努力した。

しかし。

リリアンが部屋に戻ってから数分後、扉をノックしたのはギルバートではなかった。

「お話があります。少々失礼してもよろしいでしょうか？」

「……ロニー？」

思っていた来客と違うことに内心戸惑いながら、リリアンはロニーを部屋へ招き入れる。

さっきの話し合いの場には側近であるロニーもいたはずだ。だとしたら、リリアンの部屋に行こうとするギルバートをなだめ、彼が代わりに来たということだろうか。

「どうしたの？　なにかご用？」

立ち聞きしてしまった話を知らないふりして、リリアンは冷静な態度を努めながらロニーに着席を勧めた。

しかし、部屋に入ってきた彼はソファに座ろうとはしない。切れ長の目でじっとリリアンを見つめている。

鋭いまなざしに射られて、リリアンはなんだか気持ちが落ち着かなくなった。ロニーにこんな視線を投げかけられたのは初めてだ。怒っているわけではないのに、彼の視線からはなにかゾクリとする恐怖を感じる。

まるで本能が警戒しているような感覚にとらわれて、リリアンは無意識にロニーから一歩後ずさった。

「ど、どうしたの？　なにか話があって来たんでしょう？　……あ、そうだ。今、ファニーを呼んでお茶を入れてもらうわね」

妙な空気を変えようと、リリアンはわざと明るい声で振る舞う。そして、ファニーを呼ぼうとテーブルにあるベルを鳴らそうとしたときだった。

「……え？」

「──お茶は結構です」

テーブルに伸ばしたリリアンの手をロニーがつかみ、止める。

そして振り返った瞬間リリアンはつかまれた手を引かれ、ロニーの腕の中に抱きすくめられてしまった。

「ロ、ロニー⁉」

あまりの驚愕で、リリアンの声がひっくり返る。けれどロニーはすっぽりと包み込むように、華奢な肢体を自分の腕の中に閉じ込め逃がさない。

リリアンの胸が早鐘を打つ。今起きている状況が理解できなかった。

心臓は痛いほど高鳴っているけれど、それはギルバートに抱きしめられたときとは全然違っていた。緊張と困惑と本能的な恐怖だけが、心臓をうるさくさせている。

「は、離して、ロニー……」

声が掠《かす》れてうまく出ない。喉が潤いをなくしている気がした。

「嫌なのですか？　昔のあなたはこうして私に抱きしめられたくて、かわいらしい努力をしていたじゃないですか」

突然なにを言うのかと耳を疑った。そんな子どもの頃の憧れを理由に抱きしめてくるなんて、あまりにも悪い冗談だ。

「それは小さい頃の話でしょう……！　ふざけるのはやめて！」

腕の中から抜け出そうと必死に体を押し離そうとする。けれど、ベストとシャツ越しに伝わる胸板の感触は驚くほど硬い。さすが元衛兵で、今も国王の側近として常に帯刀しているだけある。三十半ばを過ぎても服の下は鍛え上げられた筋肉をまとっているのだろう。

その感触にリリアンは自分を抱きしめているのがよく知ったロニーではなく、屈強な男だということを強く意識してしまった。背中にじんわりと汗が滲む。

ロニーは片手でリリアンの背を抱擁したまま、もう片方の手で顎をすくい顔を上向かせてきた。彼の漆黒の瞳と間近で視線が合ってしまう。

「ふざけてなどいませんよ。あの頃もあなたは愛らしかったが、恋の相手には少し幼すぎた。けれど今は――大人の恋を教えてあげるにはふさわしい」

吐息混じりの低い声で告げながら近づいてきた唇は、震えるリリアンの唇をたやすく塞いでしまった。

——ロニーとキスをしている。

その事実に頭が混乱を通り越して真っ白になってしまう。体がカチカチにこわばって指一本動かすこともできず、呼吸の仕方さえもわからなくなってしまった。

ロニーの唇が角度を変え舌を差し込んでこようとするが、リリアンの全身は鉄の塊《かたまり》になってしまったように動かない。

歯列を開かないリリアンに、ロニーはあきらめたのか唇を離した。けれど顎をすくっていた手で頬をなでさすると、そのまま顔にかかっていた髪をのけて、今度は耳たぶをやわらかく食《は》んできた。

「ひ、ゃっ……！」

ゾクッとした冷たい熱に、肩が勝手に跳ねる。ロニーはそれを押さえるようにリリアンの体を自分に押しつけ強く抱きしめた。

「ひ……や、ぁ……っ、やめて……！」

恐ろしくも甘美な刺激のせいで、衝撃のあまり止まってしまっていた思考がよみがえった。

力づくで体を押しても無駄だと悟ると、リリーはこぶしを握りしめロニーの肩をポカポカと叩く。

「やだ、やだ……っ！　駄目、ロニー！　こんなことしちゃ駄目ぇ……っ」

耳を食まれねぶられるたび、大きく骨ばった手で背をさすられるたび、リリアンは肺の奥から甘い息が漏れそうになるのをなんとかこらえる。

けれど、背をなでていた手が首筋までくすぐるようにたどってきたとき、リリアンはたまらず「は、ぁ……んっ」と上擦った声をあげてしまった。

とっさに唇を噛みしめたがもう遅い。ロニー相手にいやらしい声を出してしまった自分が許せなくて、悔しさと悲しさの混じった涙が一気に込み上げてきた。

「や……、もういやぁ……っ、離してロニー、離してよぉ……っ」

涙をボロボロとあふれさせながら、ロニーの肩を叩き、服を引っ張り、爪を立て、がむしゃらに抵抗する。

ギルバートが弟なら、ロニーのことはずっと兄のような存在に思っていた。昔は憧れたこともあったけれど、それは少女なら誰しも見る夢みたいなものだ。こんなふうに彼と性的な触れ合いを望んだことなど、一度もない。

いつだって冷静で紳士然としていて優しかったロニーを、リリアンは信頼していた。

そしてなにより、彼がギルバートにとって家族とも言える存在であることが、今の状況をリリアンにとってより残酷にしていた。

ロニーがどういうつもりでこんなことをしているのかはわからない。けれど、これはギルバートに対するあきらかな裏切りだ。

リリアンがギルバートにとって唯一とも言える心のよりどころであることを、ロニーが知らないはずがないのだから。

もしもこのことをギルバートが知ったなら、どれほど傷つくことだろうか。そう思うとリリアンは悲しくて悲しくて涙が止まらない。

けれどロニーは彼女がどんなに泣きじゃくろうが、哀れな抵抗を見せようが、行為をやめるようすを見せなかった。

「やめて……、お願いだからぁ……っ」

グズグズと泣きながら懇願する間にも、ロニーは耳たぶから輪郭をたどってキスをしてくる。そして頬を流れ落ちてきた涙を舌ですくうと、そのまま唇にまで舌を這わせた。

「う、んん……っ、ん、ゃ……っ」

リリアンのみずみずしい果実のような唇を、ロニーの舌がねぶってくる。再び唇を重ねられ、深く口腔に舌を入れられそうになった。そのとき。

「……っ⁉」

ロニーが切れ長の瞳を見開き、唇を離した。その隙をついてリリアンは彼の体を強く押しのける。

初めて動揺を見せたロニーの口もとからは、赤い鮮血が微かにこぼれていた。

「ごめんな……さい……」

ロニーが眉根を寄せ口もとの血を拭ったのを見て、リリアンはとっさに謝ってしまった。

口の中には今でも彼の舌を思いきり噛んだ嫌な感触が残っている。

舌を噛むなんて危険な行為だ。一歩間違えれば大惨事になりかねない。けれど、リリアンにはそうするしかなかった。

大声で助けを呼んではロニーがギルバートを裏切る行為をしたことが皆にバレてしまう。なんとか助けを呼ばず非力なリリアンが窮地を脱するには、彼の隙をついて傷つけることしか選択肢がなかったのだ。

けれど、何度も口もとを手の甲で拭うロニーを見てリリアンは青ざめてしまう。自分のハンカチを取り出し、慌てて彼の口の端からあふれてくる血を拭った。

「どうしよう、いっぱい血が出てる。ごめんなさい。お医者様を呼んだほうがいいかも」

このままロニーが死んでしまったらどうしようと気持ちが焦る。白い綿のハンカチが赤く汚れていくのを見て、リリアンが泣きだしそうになったときだった。

「……おかしな人ですね。せっかく攻撃して隙をつくったのに逃げないのですか」

クスッと小さく笑う声がして、ハンカチを当てていた唇がわずかに弧を描いた。

驚いてリリアンが顔を見上げると、ロニーの表情はいつもの穏やかなものに戻っていた。体中に満ちていた緊張感が一気に解けて、安堵で深く息を吐き出す。

「ロニー……、本当にごめんなさい。私、お医者様を呼んでくるから」

ロニーが普段通りに戻ったことで、怪我をさせてしまったことにますます罪悪感が湧く。けれど、彼はリリアンのハンカチを受け取ると口もとを押さえながら言った。

「大丈夫、舌は出血しやすいから大げさに見えるだけですよ。傷は浅いです、この通り普通にしゃべれますから」

「本当？　……よかったぁ」

どうやらひどいことにはならなさそうで、リリアンはもうひとつ深い安堵の息を吐き出した。

安心したことでリリアンの顔には自然と笑みが浮かぶ。すると、それを見たロニーがボソリと小さな声でつぶやいた。

「……ギルバート様が夢中になってしまわれるのも理解できます。リリアン様は優しすぎる」

ふいにギルバートの名を出されたことで、リリアンの胸がドキンと跳ねた。自分はロニーにキスされてしまったのだ。一方的に襲われたリリアンに非はないが、どうしても罪悪感に胸が痛んでしまう。

「けれど――その優しさが、ギルバート様を不幸にしている」

続けて述べられた言葉に、リリアンは驚きとショックの合わさった表情を浮かべてロニーを見上げた。

彼はフッと小さなため息をつくと、ようやく出血の治まった口もとからハンカチを離して言った。

「予想外でした。ギルバート様がここまで盲目的にあなたに入れ込むことは。初めは私も臣下らも、あなたの存在が国王という重責をかかえたギルバート様にとって安らぎを与えるものになると信じていました。けれど……あなたの存在は大きすぎた」

ズキンと、胸が痛む。それはリリアンもわかっていたことだからだ。まさに今も、自分がギルバートの結婚の足かせになっているのではないかと頭を悩ませていた。

改めて他人から指摘されると強く実感が湧き、なおさらいたたまれなくなってしまう。

「ギルバート様がリリアン様に夢中になるあまり政務に影響を及ぼしていることに対して、まだ表立って悪く言うものはいません。けれど、時間の問題でしょう。せっかく熾烈《しれつ》な権力争いに勝ち王宮を味方で埋め尽くしたというのに、ギルバート様ご自身がまた新たな敵をつくろうとしている。……このままでは、ギルバート様に平穏は一生訪れない」

淡々と語っているようで、ロニーの口調にはだんだんと感情がこもってくる。決して明るいとは言えない、苦悩をうかがわせる感情が。

けれど、ギルバートを思い苦しんでいるのは、リリアンとて同じだ。

「じゃあ私は……どうしたらいいの？」

悲嘆にくれながらも、苛立ちが湧き上がる。どうすることがふたりにとって、この国にとって正しいことなのか。知っているなら教えてほしい。

ギルバートのもとから立ち去ったところで、それが無意味なことくらい予想がつく。リリアンを失ったギルバートは血眼《ちまなこ》になって探すだろう。それこそ、王の座を捨ててでも。

だからこそ、リリアンはいろいろな手を尽くしてギルバートをなだめているのだ。彼が国王として真面目に公務に励めるようにと。

それでも駄目だと言うのなら、教えてほしかった。リリアンはどうするのが正しいのかを。

けれど。ロニーの口から紡がれた答えは、あまりに意外なものだった。

「……ぶしつけとは重々承知ですが、リリアン様に私を男性として愛していただくのがよろしいかと」

あまりに想像の斜め上を行く返答に、リリアンは声も出せずまばたきを繰り返してしまった。それを見たロニーが冷静だった表情を崩し、少しだけ眉根を寄せる。

「別に、私でなくともかまいませんが。ギルバート様の嫉妬に耐えうる人物として、己《おのれ》が最も適任だと判断しただけです。ようは、あなたが少しずつギルバート様から関心をなくせばいいのですから」

そこまで説明されて、ようやくリリアンは納得をした。ロニーの突飛な提案も、突然のキスの意味も。

「……私がロニーに心変わりしてギルに優しくしなくなれば、彼もだんだん私から興味をなくすと。そういうことね？」

「さようでございます。いきなり引き離されてはギルバート様も納得されないでしょうが、時間をかけて心変わりをすることならば、人間である以上可能です。ギルバート様は掛け値なしにすべてを受け入れてくれるリリアン様に心酔されています。けれど、あなたがその優しさを徐々に別の対象に向けられれば、ギルバート様が今のように執着されることもなくなるでしょう」

年若い男女が燃え上がるような恋をしても、時間が経てば心が移ろっていくのはよくあることだ。ロニーはリリアンの関心を自分に向けさせることで、それを狙おうとしたのだろう。

リリアンはどういう顔をすればいいのかわからなくなって、泣き笑いのような表情を浮かべた。

「馬鹿ね、ロニー」

自分よりずっと年上の宰相に向かって無礼な物言いだとはわかっていても、言わずにはいられなかった。

ロニーの考えた計画は、リリアンもギルバートも、そして彼自身も幸福になれないものだ。もしリリアンがまんまと企みにはまってロニーを愛してしまったのなら、彼はこの先いったいどうしたのだろうか。

きっと、いや間違いなく。ロニーはリリアンを異性として愛してはいない。少しでも恋情があったのなら、こんな心を欺く計画になど巻き込むはずがないのだから。

ただ主君の行きすぎた恋を留めるため、好きでもない女と偽りの愛を育むことなど、ロニーにとっては苦痛でしかないだろう。そして計画がうまくいきギルバートの関心がリリアンから逸れたとき、ロニーはどうするつもりだったのだろうか。リリアンに非情な別れを告げたとき、ふたりにはきっと虚しい過去しか残されていないだろう。

それにもしこの計画が途中でギルバートに知られようものならば、ロニーはどうなるかわからない。リリアンに執着している今のギルバートならば、彼を宮廷官から罷免するどころか、首をはねたっておかしくはないはずだ。

この計画は成功しても失敗しても、ロニーにこれっぽっちも幸福をもたらさない。いくら敬愛する主君のためとはいえ、そこまで己を犠牲にしてギルバートの王位と平穏を守るロニーの姿は、リリアンの目には悲しいものに映った。

「ギルに誠心誠意仕えることは立派だと思う。けど、ロニーはそれでいいの？　あなた自身はなにも得るものがないどころか危険を冒すだけだわ。それに、ギルのためを思っているようでも結局は彼を裏切って欺いてる。こんなことしたって、誰も幸福にはなれないじゃない！」

　けれど、リリアンの言葉にロニーはふっとやわらかに口角を上げる。まるでそんな愚かさなど初めから覚悟していたかのように。

「やはりあなたはお優しい方ですね、リリアン様。ひどいことをしたというのに、こんな私の身の上まで案じてくださるとは。……けれど、私には己の幸福など必要ないのですよ。ギルバート様を王位に就かせ、民に愛され敬われる偉大なる国王にすること。それだけが私の生きる意味なのですから」

　そのためにはたとえギルバート様のお心に背くことがあっても――。

　ロニーは最後に消え入るような声でそうつけ足した。

　リリアンはまだたったの十七年しか生きていない。社交界デビューもできず田舎の屋敷で暮らしていたから、あまり多くの人にも接していない。だからだろうか。人生経験の浅い彼女には、ロニーの考えていることがまったくわからなかった。

　自分の幸福でもなければ、君主の幸福でもない。ならば彼の望みはいったいなんのためなのか。

「ねえ、ロニー。私にはよくわからないけど、そんなの駄目よ。自分で自分の幸福を望まないなんて、生まれてきた意味がないわ。もっと自分を大切にして」

訴えながら、リリアンは自分の言葉がなんて薄っぺらいのだろうと嫌になる。

そんなあたり前のことなどロニーはきっとわかっている。それでも、自分の幸福を投げ打ってでも叶《かな》えたい思いが、彼にはあるのだ。

それでもリリアンは言わずにはいられなかった。ロニーはリリアンにとっても大切な人だ。不幸になんかなってほしくない。

どんな言葉で訴えれば彼の心に届くのだろうかと、リリアンは人生経験の浅い自分をもどかしく思う。

するとと、目の前のロニーはニコリと穏やかに目を細め、ブリーチズのポケットから自分のハンカチを取り出すと腰を屈めリリアンの唇を丁寧に拭いだした。

突然の彼の行動に、リリアンは目を丸くする。

「リリアン様はまだまだ幼いですね。けれど、けがれのない優しさは私には少し痛いです。あなたを私の計画に巻き込んでしまったことを、反省したくなってきました。あなたの唇を汚してしまったことを、おわびいたします」

キョトンとしたまま唇をふかれた後、リリアンはなんだか泣きたくなってしまった。

唇をハンカチで拭ったところで、キスをした事実が消えるわけがない。けれど、ロニーは丁寧に、優しく清めてくれる。無意味な行為の、けれど親切な指先からは、彼の後悔がたしかに伝わってきたからだ。

ロニーはリリアンに恋情を抱いてはいない。けれど彼にとってリリアンは冷酷な扱いをしていい女性でもないのだ。ギルバートと同じように王宮を離れた一年間、同じ屋根の下でともに暮らし平和で明るい時間を過ごしたことは、ロニーの心にも温かな爪痕を残したのだから。

そんなリリアンに乱暴まがいな行為をするということは、ロニーも相当追いつめられていたのだろう。

「ねえ、ロニー。聞いて」

気がつくとリリアンはハンカチを持った彼の手を両手で包むように握りしめていた。

「ギルが私に夢中になりすぎていること、私もわかってる。けど、だからこそ私はギルのそばにいたいと思うの。国王である彼を誰もとがめられなくても、私ならできる。私が叱るわ、ギルのわがままを」

強く宣言しながら、リリアンは自分の決心が固まっていくのを感じた。

本当はギルバートにほかの女性との結婚など勧めたくはない。けれど、もうそんな甘えたことは言っていられない。彼の周囲の人たちを、ロニーを、こんなに苦しめている現状を打破しなくてはいけないと、強く思った。

リリアンに手を握られたまま、ロニーは少しだけためらいを見せて口を開く。

「……それは、時に残酷なことですよ。さっきリリアン様がおっしゃった『自分で自分の幸せを望むこと』と反する結果にもなります」

それはつまり、ギルバートの結婚話のことを言っているのだと思った。リリアンは一瞬唇を噛みしめたけど、すぐに明るい表情を取り戻すと首を横に振ってみせた。

「間違ってない。だって私は、ギルが立派な王様になって国民に慕われることをうれしく思うもの。ギルがたくさんの人に愛されて笑顔になれれば、私は最高に幸せだわ」

その光景を思い浮かべ、リリアンは自分の気持ちが嘘じゃないと確信する。

ギルバートが心の傷を癒やし、国民にも臣下にも愛され、本当の笑顔のまま王座にいられること。それがリリアンにとってなによりの望みだ。

「私、ギルのためだったらなんでもするわ」

もう一度力強く言うと、ロニーはふっとやわらかく微笑んだ。その笑みは、今まで見た彼の表情の中で一番優しい。

「本当に……強く、お美しくお育ちになられましたね。やはりあの方と同じ、誇り高きセイアッド人の血が流れていらっしゃる」

「セイアッド人？」

なぜ急にセイアッド国の名が出てきたのか、不思議に思いリリアンは小首をかしげた。たしかに祖父であるジェフリーはセイアッド人なのでリリアンも血は受け継いでいるが、それが今、なんの関係があるのだろうか。

けれど聞き返した言葉に答えは返ってこなかった。ロニーは握られていた手をゆっくりほどくと、一歩うしろに下がって深々と頭を下げてきた。

「改めまして、度重なるご無礼を働きましたこと深くおわび申し上げます。償いはリリアン様の納得される形で必ずいたします。腕や足の一本も失ったってかまいません。ただ、無礼を重ねることを承知で申し上げるなら――どうか私がこれからもギルバート様に仕え続けることを、お許しください」

かしこまった謝罪を受けてしまい、リリアンは慌てて両手を突き出して振った。

「や、やめて！　腕の一本も足の一本もいらないし、私が宰相であるロニーを罷免することなんてできるわけがないじゃない！」

キスされたことはたしかにショックだし許しがたいが、ロニーに重い罰を与えることなど望んでいない。そんなことを命じるくらいなら、もっとギルバートのためにもロニーのためにもなることを命じたい。

「そうだわ、これからは協力していきましょうよ。お互い、ひとりで考えちゃうからよくない方向に悩んじゃうのよ。これからは時々こうやってギルのことを相談し合いましょう。それから、ロニーの前でギルが私に甘えすぎてくることがあったら、今度はあなたからも注意してあげて。私ひとりじゃ手に負えないこともあるから。それが、罰の代わりよ」

リリアンが明るい声でそう提案すると、ロニーは「本当にそれでよろしいのですか？」と目をしばたたかせた。

「もちろん」と自信満々にリリアンがうなずく。部屋の雰囲気が、ようやくすべて明るく晴れた気がした。

「わかりました。これからは協力し合っていきましょう。どうぞよろしくお願いいたします」

目を細め手を差し出してきたロニーを見てリリアンは気がついた。そういえば王宮に来てから今日まで、彼のこんな安堵した表情を見ていなかったと。

七年前、モーガン邸にいた頃のロニーはもっと穏やかでくつろいだ顔をしていた気がする。目の前のゆったりと微笑む彼を見て、ようやく本当のロニーに会えたような気がした。

「こちらこそよろしくね。ギルのために一緒にがんばりましょう」

握り返した手は、骨ばっていて硬く男らしかった。きっとこの手でずっとギルバートを守り続けてきたのだろう。

ロニーの悲しいほど崇高な忠誠心が伝わってきた気がして、リリアンはもう彼の過ちを責めることはできないと思った。


結局、チエール王国への外交にはリリアンも同行することになった。

けれど、リリアンは何度もギルバートと話し合いをし、リリアンは王都へは行かないという取り決めをした。

「私は港町で待っているわ。だからギルはきちんと自分の務めを果たしてくること、いいわね。もしギルが途中で外交を投げ出したり、相手に失礼なことをしたり、大臣たちを困らせることをしたって報告を受けたら、すぐ船に乗って帰っちゃうからね。わかった？」

頑として譲らないリリアンの条件に、ギルバートもしぶしぶうなずかざるを得なかった。

「リリーがそこまで言うなら、ちゃんとやってくるよ。その代わり、帰ってきたときにはなにかご褒美が欲しいな」

「ご褒美？」

「うん。とっておきの」

青い目に妖しい光が浮かぶのを、リリアンは見逃さなかった。お見合いに向かう相手にこんな約束はいいのだろうかと戸惑う気持ちはあるけれど、胸が甘くときめくのを止められない。

「……わかったわ。外交の間中、百点満点の王様でいられたなら……キス、してあげるから」

ギルバートの頬が紅潮し、はにかんだような笑みが浮かぶ。リリアンも、自分の頬が熱くなっているのを感じた。

「楽しみにしてるよ。絶対に成功させてくるから」

青い瞳でまっすぐに見つめてくる熱い視線に射られて、、リリアンは無意識に自分の唇を指でなでる。

――ほかの男にされたキスの名残を、早くギルバートのキスで塗り替えたい。

心に湧いてくるそんな欲望に、無理やりふたをして見ないふりをしながら。

第八章　守ってあげたい

自分の行き着く先は〝愛人〟なのだろうかと、リリアンは最近悩む。

チエール王国の外交から帰って、数日が経った。ご褒美の効果が大きかったのか、会談は予想以上の成果を上げ、臣下たちは諸手を上げてギルバートの外交手腕をたたえた。

いったいどんな魔法を使ったのか、ギルバートは相手に差し障りがないよう縁談は断りつつも、長年チエール王国と協議を重ねてきた交易問題を好条件でまとめ上げ、新たな協定まで締結してきた。

『別に、簡単なことだよ。王太子の頃からチエールのふところは探ってたんだ。あとは会話をこちらのペースに引きずり込めれば、たやすいことさ。リリーからキスの許可をもらうことに比べたら、百倍は簡単だね』

そう言ってご機嫌に笑うギルバートに、リリアンは面食らったことを思い出していた。

(本気を出せばなんだってできる……。そういえば、昔からそうだったっけ)

自室のソファに座り膝を曲げてクッションをかかえながら、ぼんやりと昔の記憶をたどる。七年前、リリアンは不可解なものを見ていた。

それは偶然いつもより早く目覚めた朝のことだった。その頃、リリアンを毎朝七時に起こしに来るのはギルバートの役目だった。しかしそれより一時間も早く起きてしまったリリアンは、カーテンを開けようと部屋の窓まで近づき、驚くものを目にする。

L字型になっているモーガン邸のリリアンの寝室からは、屋敷の裏庭が見えた。裏庭には馬房と厩舎《きゅうしゃ》があり、馬を運動させる小さな乗馬場もある。

朝もやに煙る乗馬場で、誰かが軽快に馬を駆っていた。リリアンは遠目に見てもひと目でそれが誰かわかる。大人の厩務員とはあきらかに違う小柄な体型。ギルバートだった。

信じられない光景に目をみはり、リリアンは窓から危うく落ちそうになるほど身を乗り出してしまった。それから慌てて踵を返し、寝間着にガウンを羽織った格好のまま部屋を飛び出した。

ギルバートはモーガン邸に来るまで馬に乗ったことがないと言っていた。だからリリアンは得意になって彼に乗馬を教えてあげたのだがなかなか上達せずに、いつもリリアンが一緒に乗ってあげていたのだ。

ギルバートはひとりで馬には乗れない。それどころかリリアンが一緒じゃないと馬を怖がって近づくこともしなかったはずだ。

寝起きのあられもない格好で乗馬場まで走ってきたリリアンを見つけて、ギルバートはとても驚いた顔をしていた。近くにはロニーもいたが、彼も珍しく動揺していた気がする。

『ギル、馬に乗れるようになったの⁉　いつから？　内緒で練習していたの？』

リリアンが息せき切って矢継ぎ早に質問したのも無理はない。ギルバートの馬を操る腕は、あまりにも鮮やかだったのだから。パッサージュもギャロップも思いのままにできるなんて、リリアンはおろか、モーガン邸の厩務員にもそこまで馬術に卓越した者はいない。

リリアンに見つかってしまったことを焦っていたのだろう。ギルバートは誰の手も借りずひらりと馬から下りると、手綱をロニーに渡し慌ててリリアンのもとまで駆けてきた。

『違うよ、リリー。さっきまでロニーに一緒に乗っててもらったんだ。馬の機嫌がよかったからロニーは途中で下りたけど、僕は落っこちないように必死に手綱を握ってただけだよ。馬の調子がよかったんだ』

今思えば、なんて苦しい言い訳なのだろうとあきれる。けれどそのときのリリアンは苦しい言い訳より、不器用で弱虫なギルバートがひとりで馬に乗っていたことのほうがよっぽど信じられなかったのだ。

『なあんだ、そうだったの』

納得して、リリアンはなんとなく安心した。窓から見たときはギルバートひとりで馬を操っていたように見えたけれど、寝起きだったので見間違えたのかもしれない。そう結論づけた。

『僕がひとりじゃ馬に乗れないこと知ってるくせに。ロニーに手伝ってもらったけど、やっぱりなんかうまくいかないんだ。ねえ、リリー。今日も一緒に乗って教えてよ』

甘えた声で乞《こ》われて、リリアンはたちまち笑顔になってしまう。

『いいわよ、任せて！　着替えたらすぐに教えてあげるわ』

今日はギルバートとなにをして遊ぶかが決まって、リリアンの頭の中は見間違えた光景の衝撃より、これからの楽しみでいっぱいになった。

だから、あのときはすぐに忘れてしまったのだ。こんな不可解な出来事を。

『あはは、リリーってば。まずは朝食を済ませようよ。着替えも食事も手伝うから』

そう言って屋敷に戻りながらつないだ手の温かさは覚えていたのに。もしかしたらリリアンは認めたくなかったのかもしれない。弟のようにかわいがっていたギルバートが、自分よりずっとずっと優れている可能性を秘めていることを。

今になって考えれば、やはりあれは見間違いなんかではなかったのだ。

大人になってもギルバートの乗馬の腕は相当のものだし、ファニーに聞いた話によると狩猟の腕前もこの国では彼に並ぶ者はいないらしい。

ギルバートは稀有な天才肌であり、そして恐ろしいほどの努力家なのだ。

モーガン邸に来てから初めて馬に乗ったというのは、彼の生い立ちを考えれば本当だろう。それから彼はリリアンに内緒で猛練習をし、あっという間に大人の腕前さえ追い越してしまったのだ。

しかしギルバートがリリアンにそれをひけらかすことはなかった。なぜなら、そんな頼もしい姿を見せてしまったら、甘えられなくなるからに決まっている。

そう考えれば、なにもかもが合点がいく気がした。

いつまでたっても紅茶をうまく入れられなかったのも、怖がりでなにかと抱きついてきたのも。それに、リリアンの髪を結えるほど手先が器用なのに自分のクラヴァットは上手に結べなくて、いつもリリアンに直してもらっていたことも。

本当のギルバートはすべてたやすく完璧にできていたのだろう。そしてリリアンに甘え続けるために、できる自分を決して見せなかったのだ。

今さらながら、リリアンは彼のすごさを思い知る。ギルバートは頼りない甘えん坊ではない。天才で完璧主義で、かつ計算高い策略家なのだ。

ギルバートが国王だったことを知って、他国の王侯貴族や自国の大臣たちと狡猾《こうかつ》に渡り合うことができるのだろうかと気を揉《も》んだことが、今ではおかしい。

考えてみれば王太子の座に就いたのがわずか十二歳やそこらの年齢だったのにもかかわらず、それから彼はあまたの敵の策略をつぶし、勝ち進んできたのだ。そんな怜《れい》悧《り》な男を頼りないと思っていたことが間違っていた。

チエール王国との外交会談での功績を聞いたリリアンは、つくづくそう思った。

彼はやはり国王としてふさわしい逸材だ。理知的で先見の目があり、他国と渡り合う狡猾さも持ち、民に尽くす気概もある。このまま国のために尽力すればステルデン王国はもっと大きな発展を遂げ、大陸強豪国として名を馳せるだろう。

そのためにもリリアンは我が身を犠牲にしてでもギルバートに尽くさねばならない。常に彼を奮い立たせ、ときには癒やし、励まし、ギルバートの心のよりどころになること。けれど、決して公には結ばれない存在。それがリリアンに課せられた使命で、立場である。

「それって、いわゆる〝愛人〟って奴よね……」

クッションを抱きしめた体をゆらゆらと揺らしながら、リリアンは誰にともなく小さくつぶやいた。

様々な時代や国の王に妻以外の愛する女性がいたことは、本で読んだから知っている。側室、後宮、公妾……様々な呼び名があり、複数であったりひとりであったりといろいろだ。

田舎暮らしで社交界デビューもしていないリリアンは、自国の歴史のことは深くは知らない。子どもの頃、教育係に基本的なことは教わったが、代々の国王に愛人がいたかどうかなど聞くわけもなかった。

けれど、前国王であるラッセルは愛人持ちであった。そのせいで王宮はのちにギルバート対エリオットという王位継承権争奪戦に発展し、もめてしまうことになるのだけど。

今はともかく、ギルバートが誰かと結婚してもリリアンをこのまま手放さなかったら、彼もまた愛人持ちの王になるのだ。

そんな未来を想像して、リリアンはツキツキと痛みだすこめかみを指で押さえた。

ギルバートを支え続けたいという思いはある。けれど彼が妻と愛し合うすぐそばで暮らし続けるのはつらい。それに将来彼の妻になる女性だって、夫が長年の愛人を囲っていたらよい気分はしないだろう。

自分も傷つき他人も傷つけ続ける。そんな未来を思えばリリアンがため息をつくのも仕方がなかった。

そのとき、部屋の扉がノックされファニーが晩餐の準備が整ったことを告げに来た。今日は夜会も来客との晩餐会もない。ギルバートとふたりきりの食事だ。リリアンはそれをうれしく思うものの、やはり未来のことを考えるとどうしてもため息が出てしまうのを止めることはできなかった。

「……人参、嫌いなんだ。食べたくない」

塩ゆでしたニンジンをフォークに刺してギルバートの口もとに運んだリリアンは、彼が不機嫌そうにこぼした言葉に、キョトンとしてしまった。

相変わらずギルバートはリリアンに食事を食べさせてもらっている。それだけで彼は常にご機嫌でなんでも平らげるのだけれど、今日は違っていた。リリアンが差し出したものを拒否するのは初めてだ。

「ギル、人参嫌いだったっけ？」

記憶をたどってみるが、一緒に暮らしていた頃の彼は人参を食べていた気がする。それに、たしかに好き嫌いは多かったがリリアンが食べなさいと叱れば、嫌々ながらも素直に食べていた。

「嫌いになった。だから食べたくない」

あまりに頑なで子どもっぽい言い草に、リリアンはあきれてしまう。これが十九歳の国王の態度だろうか。

「もう、好き嫌いもわがままも駄目よ。野菜は栄養があるんだから、食べなさい」

リリアンがもう一度口の前にフォークを差し出すと、ギルバートは嫌そうに顔を背けてしまった。そこまでして食べたくないのかと、あきれるのを通り越して驚いてしまう。

「悪い子。一緒に畑を見に行ったの忘れたの？　野菜を育てるのは大変なのよ。粗末にしたらいけないんだから」

農村育ちのリリアンは野菜や果物ができるようすも、家畜が育つようすも見て育った。だから、食べ物をとても大切にしている。そのことはギルバートにも教えているはずなのに、彼の態度には納得がいかなかった。

するとギルバートはチラリと彼女のほうを向いてから一度ため息をつき、観念したようにしゃべりだした。

「ごめん、本当に人参は食べられないんだ。五年前、人参のポタージュに毒を入れられたことがあって、それから体が受けつけなくなってる」

いきなり吐露されたあまりにも物騒な話に、リリアンの顔色が変わった。すかさずフォークに刺さった人参を彼から遠ざける。

「毒見係がいたんだけどね、そいつもグルだった。まんまと毒入りポタージュを飲まされて生死の境を三日さまよったよ。ロニーが解毒剤をすぐに入手してくれなければ、あのまま死んでたはずだ。それ以来、どうしても人参が食べられない」

よく見たらリリアンの皿のほうには、付け合せの人参が乗っていなかった。どうやら給仕係が間違えて置いたのだろう。ギルバートの食事からはあらかじめ人参が抜いてあるのが、この王宮の厨房《ちゅうぼう》の常識のようだ。

「ごめん、そんなことがあったのに無理強いしちゃって……」

「気にしないで。リリーは知らなかったんだから悪くない」

自分の浅はかさと、彼の悲しい過去をまたひとつ知って、リリアンは肩を落として落ち込んでしまう。やはりギルバートのかかえる傷は深い。彼が心を癒やされ他人を信じられる日は来るのだろうか。

リリアンはフォークに刺さったままの人参を自分の口の中へと入れた。新鮮な野菜を使っているのだろう、とても甘くておいしい。これを食べられないギルバートがかわいそうだと思った。

ごくりと人参を飲み込んでから、リリアンは改めて彼に向き合った。

「ねえ、ギル。お願いがあるの。小さくていいから、私に畑をちょうだい」

「畑?」

いきなり突飛なことを言いだしたリリアンに、ギルバートは不思議そうに尋ね返す。

「私、そこで人参を育てるわ。それから、その人参でケーキを作ってあげる。全部私が作るから、ギルは見てて。そうすれば安心して食べられるでしょう?」

彼の心の傷は計り知れないけれど、ひとつずつ癒やしてあげようと思った。稚拙でも空回りでもいい。ギルバートのためにできることをすべてしてあげたい。

体が受けつけないと言っているのに、そんな直接的な方法が有効かはわからないけれど、ギルバートは笑ってくれた。クスクスとおかしそうに、けれどどこか泣きだしそうに。

「リリーはすごいな。僕、きみの作った人参なら食べられそうな気がするよ。明日にも畑を宮庭内に準備させる。楽しみにしてるよ」

リリアンは胸が熱く満たされていくのを感じる。やはり自分はギルバートを愛している、彼を救いたいのだと強く自覚した。それが、たとえ〝愛人〟という悲しい未来につながっていても。


翌日。王宮の庭にはさっそくリリアンが望んだ通りの小さな畑が用意された。

王宮の庭は広大だが、その中でも日あたりがよく水路がすぐそばにある場所をギルバートは選んでくれた。近くには厩《うまや》と水車小屋もあり、のどかな雰囲気がなんだかモーガン邸のある農村を思い出させる。

畑はすでに耕され土もやわらかくしてあったので、あとは種をまくだけだ。久々にエプロンドレスを着たリリアンはファニーにも手伝ってもらいながら、土をたっぷりと水で湿らせほどよい間隔で種をまき上から薄く土をかぶせた。

「これでよし、と。あとは発芽するまで水を絶やさないようにして、こまめに雑草を抜かなきゃね」

子どもの頃はよく近くの農場で野菜作りを見せてもらった。優しい農夫らは小さな領主さまを歓迎して、土をいじらせてくれたり、採れたての野菜や果実をたくさんくれたりした。あの頃興味本位で見ていたことが、今こんなふうに役立つなんて思いもしなかったと、リリアンは小さく笑う。

ようやく一段落して額の汗を拭ったとき、「どうだ、畑は。うまくいきそうか？」と声をかけられた。振り向いてみるとそこには侍従に付き添われたジェフリーがいた。

「お爺様、見に来てくださったの？」

「なにやらお前が珍しいことをしていると聞いたものでな。自分の手で野菜を育てようだなんて、どういう風の吹き回しだ」

ジェフリーは侍従の手を借りて、近くに備えられているテーブルセットの椅子へと腰を下ろした。リリアンも泥だらけの手袋を外しながら向かいの席に座る。

「ギルに人参を食べさせてあげようと思って」

理由を説明していると、ファニーが気を利かせ水差しからハーブコーディアルをグラスにくんでくれた。太陽の下で作業をした後に、爽やかなドリンクが体に染み渡る。

「ああ、五年前の事件はわしも聞いた。ひどい話だが、陛下がお命を落とさずに済んでよかった。今でも毒見係を三人もつけるくらいだから、陛下の受けた心身の苦痛は計り知れないがな」

今でもそこまで警戒していることを、リリアンは知らなかった。思っていた以上に彼の心の傷は深いようだ。

「……ねえ、お爺様。ギルは今でも気を張らなくちゃいけないの？　だって、シルヴィア復権派はもう王宮にはいないんでしょう？　国王になったギルを狙う人は、もういないんじゃないの？」

以前から気になっていたことを、リリアンは思いきって尋ねた。ギルバートはいつまで敵の脅威に怯えて生きなくてはならないのだろうか。

ジェフリーは少し悩ましげな表情を浮かべ薄く色づいたグラスを傾けると、自分についていた侍従とファニーを下がらせてから口を開いた。

「シルヴィアとエリオットは遠い流刑地メーク島へと送られた。奴らがステルデンの地を踏むことは、もうできないだろう。けれど、シルヴィア復権という愚かな夢を見た亡霊が、今も王宮に残っていたとて不思議はない」

「亡霊？」

祖父の口から出た恐ろしい単語に、肩をブルリと震わせる。

「潰《つい》えた夢にとらわれたまま、現状を受け入れられずに生きている哀れな者のことだ。シルヴィアは狡猾に人心を把握していたからな。いまだに心の奥底ではシルヴィアを崇拝し、ギルバート様を恨んでいる者が王宮に潜んでいる可能性はある。人の本心までは、どんな権力を手に入れたとて覗けないからな」

熾烈な権力争いの名残は、今も王宮にこびりついているのかもしれない。まさしく、恨みを残したまま動けずにいる亡霊のように。

「じゃあ……ギルは恨んでいるかもしれない誰かに怯えながら、ずっと生きていかなきゃならないの？」

不安そうに眉尻を下げたリリアンに、ジェフリーは安心させるような笑みをフッと浮かべた。

「そんなに心配しなくても大丈夫だ。今や宮廷官らはもとよりギルバート様を支持していた信頼の置ける者ばかりだし、それにたとえシルヴィア派の者が紛れ込んでいたところで、奴らもどうしようもない。万が一ギルバート様を王位から追い落としたとしても、エリオットに継承権が回ってくることは二度とないのだからな。ギルバート様に危害を加えたところで、なんの得もなく首をはねられるだけだ。危険を冒してまでそんな愚かな真似をする者がいるとは思えんがな」

なるほど、とリリアンは不安のあまりしかめていた表情をやわらげる。

心の底ではどう思っているかはわからないけれど、現状少なくともギルバートに手を下す愚か者はいないということだ。それがわかっただけでもリリアンは安心する。

しかし。

「じゃあギルが今でも警戒しているのはどうしてなのかしら……？」

毒見係を三人もつけたり、晩餐会以外はリリアンとしか食事を取らないなど、ギルバートはいまだになにかを用心しているように見える。それが不可解だった。

ジェフリーはしわだらけの顎を手でこすりながら、しばし思案に暮れた。

「何年もお命を狙われ続けたから、自己防衛する癖がついてしまわれたのかもしれないな……。悲しいことだが、平和な生活が続けばいつかはそれも治まるだろう。きっと、時間が解決してくれる」

やっぱり彼の心の傷に起因するものなのかと思うと、悲しくてリリアンはぎゅっとエプロンの裾を握りしめる。

「お爺様。私、もっといろいろな野菜を作るわ。がんばって料理もして、たくさんギルに食べてもらう」

どんな方法でもいい。人参一本を食べてもらうことから始めたっていい。ギルバートに安心することを教え、人を信頼する心を取り戻してほしかった。

「……そうだな。お前がそうやって励まし続ければ、きっとギルバート様も心安らげるようになるだろう」

しわをたたえた目もとをゆるめ微笑んだ祖父に、リリアンはしっかりとうなずいてみせると椅子から立ち上がり、さっそくファニーを呼んで追加の野菜の種を持ってこさせた。


それから、リリアンの毎日はせわしなくなった。

ギルバートの身の回りの世話をするかたわら、小さいながらも畑のようすを見ては野菜の手入れをするようになったのだから。

リリアンがあまりに張りきって野菜を育てているので、ギルバートもしょっちゅう畑を訪れるようになった。

あげくにはリリアンとともに雑草取りをしたり水やりを始めて、侍従らに驚かれる始末だ。けれど、政務の合間に太陽を浴びながら土をいじるのはいい息抜きになるらしい。ギルバートの顔色が以前よりよくなっているような気がする。

雨で流されてしまった人参の種を植え直し発芽したときなど、ふたりして手を打ち合って喜んだ。すくすくと育っていく野菜を見ていると、リリアンはなんだかギルバートとの愛情や信頼が育っている気持ちになってくる。

最初は人参を食べることを無理強いしているのではないかと心配もしたけれど、ふささと茂った黄緑の葉を見ながらギルバートが「おいしそうだなあ。早く食べたい」と目をキラキラさせているのを見て、リリアンは安心した。

そして季節が夏を迎える頃、人参をはじめ手塩にかけた野菜たちはついに収穫の時期を迎えた。

その日、リリアンは朝から張りきって厨房に立った。皮肉というか幸いというか、没落していた二年間、食事作りも担っていたせいで料理はそこそこ作れる。リリアンはシェフの手も侍女の手も借りず、ギルバートのための料理をすべてひとりで手がけた。

人参は約束通りケーキにした。オレンジ色に焼けたスポンジからは甘い香りが漂って、見るからにおいしそうだ。それと一緒に採れたキャベツとジャガイモはスープにした。こちらも採れたてなのでおいしそうだ。

「わぁ、お上手ですね。どれもおいしそう」

手を出すなと言われていたのでそばで見守っていたファニーが、皿にのせた料理を見て賛辞を贈る。その声は正直な感嘆がこもっていたので、リリアンは思わず得意満面に微笑んだ。

「なかなかのものでしょう。きっとギルも喜んでくれるわ」

「国王陛下はお幸せですね。お慕いされている女性から、こんなに愛情をかけていただいて」

ファニーの言葉は、ジンとリリアンの心に染みた。

なんの地位もなく権力も持たない自分でも、ギルバートを幸福にしてあげられる。そのことがたまらなくうれしかった。

「……国王に向かってこんなことを思うのは変かもしれないけど、私、ギルを幸せにしてあげたいの。彼が心穏やかに過ごせて、本当の笑顔で暮らせる日々を送らせてあげたい。つらかった過去にもうとらわれないよう、守ってあげたいと思うの。だから、この料理がその一歩になるといいなって思うわ」

頬を染め思いを吐露すると、ファニーは目にうっすらと涙を浮かべてこっくりとうなずいた。

「なりますよ、絶対。ギルバート陛下はこの国一番の幸福ものです」

感涙しているファニーの姿に、リリアンの胸もなんだか熱くなる。うれしくなって照れた笑いを浮かべたリリアンは、用意されていたワゴンに料理をのせた。

「さ、ギルがお待ちかねだわ。早く運びましょう」

手渡されたドームカバーを料理にかぶせ、リリアンは自らの手でワゴンを押しギルバートの待つバルコニーへと向かう。せっかくなので畑の見えるバルコニーのテーブルで食事しようという計らいだ。

「待ってたよ、リリー。すごく楽しみにしてたんだ」

バルコニーで待っていたギルバートは、リリアンが入ってきたのを見てうれしそうに目を輝かせる。うしろに控えているロニーも、和やかな表情を浮かべた。

「お待たせ。全部私が作ったのよ、誰の手もいっさい借りなかったわ。だから、安心して思う存分食べて」

金糸で縁どられた真っ白なクロスの敷かれたテーブルに、リリアンは料理の皿を置きドームカバーを開く。見た目も鮮やかなケーキに、温かい湯気を立てるスープを見て、ギルバートの顔がますます喜びにほころんだ。

切り分けたケーキを皿に取りギルバートの前に置いたとき、彼が優しく手を握ってきた。

「ありがとう、リリー。やっぱりきみは僕の楽園だ」

真剣みを帯びた青い瞳で見つめられ、リリアンの胸がドキリと跳ねる。

「――この食事が終わったら、きみに告げたいことがある」

「告げたいこと……？」

意味深な言葉に小首をかしげたけれど、ギルバートはぱっと笑顔になると、つかんでいたリリアンの手に銀のフォークを握らせ「話は後で。さ、早く食べさせてよ」といつものようにねだってくる。

急に普段の調子に戻り、リリアンは脱力して苦笑してしまう。

ロニーがギルバートの席の隣にリリアンの椅子を運んでくれたので、そこに座ってさっそくケーキにフォークを刺した。

「はい、召し上がれ」

鮮やかなオレンジ色のスポンジを、いつものようにギルバートの口へ運ぶ。ひと口大の大きさにカットされたそれを、ぱくりと口の中に収めたギルバートはうれしそうに目を細め、そして。

『うん、おいしい』と言いかけた口から血を流し、そのまま椅子から床へ崩れ落ちた。

「え……?」

バルコニーは、時が止まったような静寂に包まれた。リリアンは目の前の光景が理解できず、ただ固まっている。

午後のやわらかな日差しが降り注ぐバルコニーを、一瞬で緊迫させたのはロニーの叫び声だった。

「毒だ‼　すぐに侍医を呼べ！」

銀のフォークがリリアンの手からすべり、カチンと音を立てて床に落ちた。

「……ギル……？」

いきなり悪夢に放り込まれたような気がした。自分の頭から血の気が引いていくのがわかる。手が極度の緊張で冷たくなり、足がガタガタと震えだした。

「ギル……ギル……、いやぁああっ‼」

床に倒れたギルバートはピクリとも動かない。口から流れ出る血が大理石の床を赤く汚していく。

衝撃と混乱でリリアンは気を失いそうになった。しかし、くずおれそうになった体を、部屋に駆け込んできた衛兵が両脇から捕獲する。

「リリアン・モーガン。重要参考人として身柄を拘束する」

「……っ⁉」

悪夢に追い打ちをかけられ、リリアンはもはやなにが現実かわからない。

（……嘘、嘘よ。こんなのは夢よ。早く……早く覚めて……！）

言葉もなく真っ青な顔のまま、引きずられるようにして部屋から出された。

扉の前には騒ぎを聞きつけた臣下や従僕らが集まっており、緊張に顔を引きつらせたファニーの姿も見えた。

「嘘よ……、リリアン様はそんなことしない、なにかの間違いよ……！」

泣きだしそうな顔でファニーは衛兵に訴えたが、当然聞き入れられるはずがない。

無情にも連れていかれるリリアンの視界から、床に倒れたギルバートの姿がだんだん遠ざかっていく。

「……ギル……!!」

乾いた唇で叫んだ痛々しいリリアンの声はバルコニーに届かず、ただ虚しく廊下に響いた。

第九章　嘆きの爪痕

オアーブル宮殿の地下に、こんな冷たい石造りの牢《ろう》があることをリリアンは初めて知った。

できれば、一生知りたくなんかなかったけれど。

信じられないことが目の前で起こり、夢か現実かもわからないまま牢に投獄されてから二日が経った。

地下にある牢は当然日の光が差し込まず、頼りない燭台《しょくだい》の明かりだけでは今が昼か夜かもわからない。ただ、衛兵が五、六回食事を持ってきた気がするので今は二日目の夜だろう。

あれからリリアンは、ずっと悪夢の中をさまよい続けているような気分だ。薄汚れていてカビくさく、足の先が冷える石の床の牢に閉じ込められていることよりも、この先自分がどうなるかまったくわからないことよりも、血を吐き倒れたギルバートの姿が目に焼きついていてつらい。

もう何百、何千回神に祈っただろうか。どうかギルバートが無事ですように、と。

リリアンは何度も何度も神に祈りながら泣き続け、疲れてはいつの間にか眠りに落ちるのを繰り返していた。食事を取ることも忘れるほどに。そして体が震え頭痛を感じたことで脱水症状になりかけていると気づき、ようやく水を飲んだという状態だった。

今はギルバートの無事を神様に願うことしかできないと思い、ひたすら祈っていたが、ふと改めて事の不可解さが頭をよぎった。

（あのケーキに毒を入れたのは誰……？）

ギルバートを安心させるために、人参の育成から収穫、調理から盛りつけまで全部リリアンが行ったはずだった。そばではシェフや侍女たちも見ていた。誰かが毒を仕込む隙なんかあっただろうか。

それに、今さらギルバートを殺そうとする者はいないとジェフリーは言っていた。シルヴィア復権派はもうどうあがいたところで王宮には戻れないし、万が一ギルバートが嫡子をもうけないうちに亡くなったら、次に王位を継ぐのはイーグルトン家の血縁にあたるローウェル公爵家だ。しかし公爵家は子どもがおらず年老いた者ばかりで、王位に執着しているとは思えない。

（いったい誰が、なんのために……）

考えたところで、答えなど浮かばなかった。ただ犯人が誰であろうと、ギルバートの命を奪おうとした者をリリアンは許せないと思う。

怒りと悔しさに、こぶしを握りしめたときだった。

コツコツ、と通路を歩いてくる者の足音が聞こえた。見回りや食事を運ぶ兵士のヘッセルブーツの音とは違う。かかとの高いレザーシューズが響かせる音だった。

その足音がこちらへ向かってきていることに気づき、リリアンはハッと顔を上げる。同時だった。牢の前に人影が立ったのと、リリアンがそれを誰か認めたのは。

「……ロニー……」

名前をつぶやくと、ロニーは口の前に人差し指を当てて「静かに」と促した。リリアンは黙ってうなずく。

「ギルバート様はご無事です。今ここを開けますので、一緒に来てください」

リリアンは思わず歓喜の声を出しそうになって、慌てて口を両手で押さえた。けれど今まで張りつめていた緊張の糸がほどけ、安堵の涙が一気に込み上げてくる。

(生きてる……！　ギルが、無事に……！　……よかった……)

嗚咽《おえつ》する声が口から漏れないよう必死に手で押さえ、リリアンはボロボロと涙を流した。今までショックと不安で固まってしまっていた心が、ようやく感情を取り戻した気がする。

(よかった……ギル……本当によかった……)

神様に何万回感謝しても足りない気分だった。まぶたの裏にはギルバートの姿が次々と浮かんでは消え、彼への愛おしさが大きく膨らむ。今すぐ会って抱きしめて、そのぬくもりが変わらないことを確かめたい。

声を殺しながら感涙にむせぶリリアンをロニーは同情するようなまなざしで見ていたが、小さく声を潜めると「さあ、ギルバート様がお待ちです。参りましょう」と言って、牢の鍵を開けてくれた。

しかしロニーは地下から上がらず、そのまま通路の奥へ進むと突きあたりの鉄扉を開けて地下水路へと下りていった。

「後で説明いたしますが、事情があってギルバート様は自室にはおられません。今は離宮に身を隠しております」

冷え冷えとした水がすぐ隣を流れる狭い通路を、ランタンの明かりを頼りに歩きながら、ロニーはそう言った。

ギルバートが無事だったとはいえ、やはり不穏なことに巻き込まれているのは間違いないようだ。そして、リリアンを牢から連れ出してくれたということは、本当の犯人に目星がついているのだろう。

毒殺を企てる残忍な犯人に恐ろしさも感じるものの、リリアンはそれ以上に怒りを抑えきれない。

ギルバートを殺害しようとし、その上、彼が一番信頼しているリリアンに罪をかぶせようとしたのだ。ギルバートの生命と心を壊そうとした犯人を、絶対に許すことはできない。

リリアンは怒りに震えるこぶしをぎゅっと握りしめ、長く続く地下水路の道を、ロニーの背を追いかけて歩いた。

十五分ほど歩いただろうか。幾つかの鉄の扉を過ぎた後、ロニーが辺りをうかがってからひとつの扉の前で足を止めた。そしてそこから建物内と思われる地下道に入り、リリアンに「気をつけてください」と促して古びたはしごを登る。

はしごを登りきって出た場所は、どうやら厨房のようだった。部屋に明かりはなくロニーの持つランタンだけが頼りなのでよく見えないが、広さはあるものの人が使っている形跡はない。王宮の厨房のように食材の入った木箱や籠もなければ、片づけてあるのか調理器具も見あたらなかった。

「ここは王宮庭園の外れにある離宮です。……今は誰も使っていませんが、七年前までギルバート様はここでお育ちになりました」

その説明を聞いてリリアンはやるせない気持ちを抱いた。二度と籠の鳥には戻らないと言っていたギルバートの言葉がよみがえる。彼を閉じ込め続けた忌まわしい離宮に、今は身を潜め助けられているとはなんという皮肉なのだろう。

厨房を出て静まり返った廊下を歩き二階へ行くと、ロニーはとある部屋の前で止まり扉をノックした。

「リリアン様をお連れしました」

しばらく静寂が流れた後、カチャリと小さく解錠の音がする。そしてロニーが扉を開けると、真っ暗な室内がリリアンの目に映った。カーテンを閉めきっているせいで月明かりすら差し込まない部屋に、蝋燭《ろうそく》だけがひとつ灯《とも》っている。そのほのかな明かりの中に、彼はいた。

「――ギル……！」

大きな声を出してはいけないとわかっているけれど、その名を呼びかけずにはいられなかった。

闇に紛れてしまいそうな真っ黒い外套を着て深くフードをかぶっているけれど、蝋燭の明かりが映し出す空のように青い瞳の輝きは隠しようもなかった。正真正銘、リリアンがこの世で一番愛しているギルバートのものだ。

ギルバートは注意深く扉から離れ腰に帯刀した剣の柄《つか》に手をかけていたが、リリアンとロニーの姿を認めると、すぐに警戒態勢を解いた。

「リリー……！」

剣の柄から手を離しかぶっていたフードを脱いだギルバートは、泣きだしそうな笑顔を浮かべて両腕を広げる。

リリアンは駆け出して、ためらいなくその腕の中に飛び込んだ。

「ギル……！　ギル……！」

力いっぱいギルバートの体を抱きしめ、その存在が夢じゃないことを確かめるように名を呼び続ける。ほかに言葉が出てこない。リリアンはあふれる涙をそのままに、ただギルバートを抱きしめた。

「よかった……本当に生きててよかった……」

嗚咽をこぼすリリアンの体をギルバートも力強く抱きしめ、気持ちを安らげるように優しく頭をなでてくれた。

「大丈夫だよ、リリー。僕はやすやすと死んだりしない。きみを手に入れられないまま死ねるもんか」

彼らしくも、頼もしい言葉だった。けれど、その声にはいつものなめらかさがなく、ひどくしゃがれている。

心配になってリリアンが顔を上げ見つめると、ギルバートは彼女の涙を手で拭ってから、そっと体を離した。そしてテーブルに燭台を移すと、ソファに座るよう促す。話をするのだろうと察したリリアンは素直に従いギルバートの隣に腰掛けた。ロニーも、向かい側の椅子に腰を下ろす。

「ええと、どこから話そうかな……」

考えるそぶりを見せたギルバートに、リリアンはたまらず「体は大丈夫なの？」と尋ねた。いろいろ聞きたいことはあるが、まずはそれが心配だ。

ほのかな蝋燭の明かりに照らされながら、ギルバートはわずかに微笑みうなずいてみせる。

「五年前に殺されかかってから、毒への耐性をつける訓練をしてきたからね。それにロニーが解毒剤を常備してる。おかげで命に別状はなかったけど、喉が少しただれたみたいだ。そのうち治るだろうけど」

今でもゆるむことのない警戒心が、今回の窮地を救ったのだ。結果としてはよかったけれど、やはり彼はいまだに王宮で気を抜くことを許されないのかと悲しくもなる。

掠れがちな声がかわいそうで、リリアンは慰めるようにギルバートの唇にチュッとキスを落とした。

「早く治るように、おまじない」

心配そうに見つめるリリアンに、ギルバートの瞳が切なく揺らぐ。

「……どんな薬より効きそうだ。ありがとう、リリー」

このまま抱きしめて深いキスを返したい衝動を抑えて、ギルバートはフッと息を短く吐いてから話の続きを再開する。

「リリーには心配をかけた上、牢になんて入らせてしまって、つらい思いをさせたね。守ってやれなくて本当にごめん」

守るもなにも、あのとき倒れていたギルバートにできることはなかったのだから彼が謝る必要はない。リリアンがそう言おうとしたとき、ロニーが言葉の続きを引き取った。

「ギルバート様もわたくしも、当然ですが最初からリリアン様が犯人だとは思っていません。けれど、敵が誰かを見極めるまではあなたを投獄しないわけにはいかなかった。ご無礼をお許しください」

ということは、犯人が誰なのかわかり、その企みの真意が読めたからリリアンは救出されたのだろうか。いったいどこの誰が、どんな恨みがあってこんなひどいことをしたのか。気になってリリアンは思わず前のめりに尋ねた。

「誰なの。こんな……こんな許せないことをしたのは」

しかしギルバートとロニーはすぐに口を開かず、互いに目配せをし合ってためらいを見せた。

「……私の……知ってる人なの？」

そう問いかけて、リリアンはハッとする。

誰の手も借りずに作ったはずのケーキ。けれど、もし一瞬の隙をついて毒を仕込めることができるとしたら、あのときそばにいた誰かに違いない。

そして、その中でリリアンのよく知った人物といえば――。

「……ファニー、ね……？」

喉が引きつるような思いで恐る恐る尋ねれば、ギルバートとロニーは黙って小さくうなずいた。

にわかには信じられない。ファニーはリリアンが王宮に来た日からとてもよく尽くしてくれた。なにかと気遣ってくれただけではなく、いろんなおしゃべりだってした。

年の近い者と交流がなかったリリアンにとって、ファニーはまるで友達のようでもあった。それこそ、ケーキを持っていくときにはリリアンの話に感動の涙を流しギルバートとの恋を応援してくれたではないか。

それがなぜ、こんな愚行を犯したのか。リリアンにはその理由に見当がつかない。

「毒はケーキにかぶせてあったドームカバーから検出されました。ふたを閉めるとケーキに落ちるように数滴垂らしてあったのでしょう」

ロニーの説明を聞いて、リリアンは虚を突かれた思いだった。たしかに料理は誰にも触らせなかったし、食器もカトラリーもすべて布で磨いてからワゴンにのせた。けれど、さすがにドームカバーの内側までは見ていなかった。そういえば、思い返してみると最後にドームカバーを手渡してくれたのはファニーだった気がする。

「それができたのは厨房にいた者だけ。我々はすぐさま容疑者全員の素性を調べさせました。その中でひとりだけ、経歴のおかしい者がいたのです」

「それが……ファニーだったのね」

再びロニーは静かにうなずいた。

「ファニーは市井《しせい》の民です。とある教会の娘で、信頼の厚い牧師の紹介で昨年から城へ奉公に来ていました。とくに変わったところはなく今までも高位女官の侍女として働いていたのですが――、身上書を確認したところおかしな点が発見されました。年齢が十四歳とあったのです」

十四歳。それは些細《ささい》ではあるが、たしかに引っかかる点であった。ファニーは若々しい顔立ちはしているが、そこまで幼くはない。年齢というものは、とくに十代から二十代にかけては体格や肌質などが大きく違ってくるものだ。

ファニーの体つきはすでに成長を終えた大人の女性のものだ。成長期特有の不安定な華奢さや肉づきは感じられない。とくに手の甲はそれが如実で、彼女の手は弾けるような張りのある幼いものではなく、しっとりと落ち着いた大人の女性らしい感触だった。

おそらく、二十前後くらいだろう。十四歳というのはたしかに違和感がある。

「身上書を書き間違えただけの可能性もあります。けれど、訝《いぶか》しく思ったのでさらに調べてみたところ、ファニーが登城した二ヶ月後、城下町の河川から身元不明の死体が見つかっていました。顔は削《そ》がれ腐敗が激しかったので身元は特定できなかったけれど、骨格から十代半ばの女性のものらしいという判断が当時の治安判事の見立てです」

ロニーが言おうとしている推測に、リリアンはゾッと鳥肌を立てた。

ただの偶然をこじつけただけかもしれない。けれど、可能性がゼロとは決して言えないだろう。本物の十四歳のファニーが殺害され、得体の知れない女がファニーになり替わり、侍女として登城していた可能性が。

「じゃ……じゃあ……、今いるファニーは……」

あまりの醜悪さに声が震える。目的のためなら手段を選ばない恐ろしい女が、今までそばにいただなんて。どうか間違いであってほしいと思った。

カタカタと小さく震えるリリアンを見てロニーは続きを話すことを少しためらったが、ギルバートが彼女の肩をしっかりと抱き寄せうなずくのを見て再び口を開いた。

「……彼女がこまめに手紙を出していたという下女の証言がありました。宛先は……メーク島」

聞き慣れない島の名前だが、たしかに覚えがあった。ジェフリーから聞いた、シルヴィアとエリオットが流刑された島だ。

これでファニーが今回の犯人だということは、ほぼ間違いないだろう。

彼女こそ、この王宮に巣食う〝亡霊〟だったのだ。

ファニーにとって今回のリリアンの試みは大きなチャンスだったに違いない。普段は三人も毒見係をつけ専門の給仕係らが支度から配膳までするという隙のない態勢だ。それがリリアンひとりに委ねられたのだから、このようなチャンスを逃すはずがない。

ただし、彼女が失敗したことがふたつある。

ひとつは毒殺という手段を選んでしまったこと。五年前の事件以来、ギルバートは少量の毒を摂取し続け体に耐性を作っている。種類や量にもよるが今回は解毒が早かったことも功を奏し、ほぼ健康に害はなかった。

ギルバートが無事であることはまだ宮廷内に伝わっていない。回復したギルバートは敵の再来を警戒し、秘密の抜け道を通ってすぐにこの離宮へと身を潜めた。ベッドは抜け殻だが、ロニーが看病を一任されているので誰にも気づかれていない。ファニーは今頃、彼を確実に殺すことができたか気を揉んでいるだろう。

そしてもうひとつは、ギルバートだけでなくロニーもリリアンに絶大な信頼を置いていると把握していなかったことだ。もしふたりの間に信頼関係がなければ、ロニーもほかの臣下らと同じようにケーキを作ったリリアンを犯人だと信じて疑わなかっただろう。しかしリリアンが毒を入れたなどと微塵《みじん》も思わなかった彼はすぐさまほかに犯人がいることを見抜き、ファニーが容疑者であることまでたどり着いた。

そのふたつはギルバート側にとって大きな反撃のチャンスとなる。しかし。

「ファニーが犯人であることは疑いようもないけど、直接的な証拠がない。メーク島への手紙も直接シルヴィアらに送っていたんじゃなく、ほかの者を経由させていたみたいだからね。彼女が真犯人だということを示すには、確固たる証拠が必要だ」

今度はギルバートが話の続きを引き取って言った。

今の段階ではまだファニーの身柄を拘束することはできない。治安判事をも納得させることができなければ、逆にリリアンへの疑いが強くなってしまうだろう。

ましてやそんな状態でギルバートがリリアンの無実を主張したら、臣下どころか国中の民が、国王は毒殺犯にたぶらかされ気が触れたなどと俗言されかねない。ふたりの立場をますます危うくするだけだ。

「ファニーの父に娘が本物かどうか確認を取らせるのが確実なのですが……、父親は王都から離れた教会にいるので、連れてくるには時間がかかりすぎるのが難点です。あまりモタモタしているとファニーにこちらの動向を怪しまれ、逃亡されかねません。おまけに彼女が単独犯なのか、ほかに協力者がいるのかもまだ不明です。うかつにこちらが動くと、情報が漏れる恐れがあります」

悩ましげに話すロニーの言葉に、リリアンまで考え込んでしまう。

せっかく犯人がわかったというのに、簡単には捕らえられないことが悔しい。なにかいい方法はないのかと気持ちばかりが焦る。

「どうすればいいのかしら……」

焦燥を滲ませスカートを握りしめるリリアンに、ギルバートはひそかに顔に苦悩を浮かべてから、すぐに表情を引きしめ真剣な声色で言った。

「――策はある」

リリアンは知らない。彼がそれを考え決断するまでに長い葛藤があったことを。

「敵を罠にかける。そのためには――きみの協力が必要だ、リリー」

「わ、私の……？」

目を丸くして驚いているリリアンの手を両手で包むように握り、ギルバートは祈るように、誓うように言った。

「大丈夫。リリーを危険な目には遭わせない。僕が必ず守る」

この作戦に、ギルバートは本当はリリアンを巻き込みたくなかった。けれど、時間の猶予もなくほかに手段がない以上、決断せざるを得なかったのだ。

もしファニーがギルバートの命を狙っただけならば、リリアンを巻き込みたくない彼は事件の真相を追うことをやめただろう。けれど今回は真実を暴かなくてはリリアンの名誉を回復することができないのだ。追及の手を止めるわけにはいかない。

ギルバートの中にそんな苦渋の決断があったことを、リリアンは渡された鎖帷子《くさりかたびら》と厚い生地の外套を見て感じ取った。

「外套の裏地はブライドルレザーでナイフ程度の刃なら通しません。たとえ小型の剣であったとしても、垂直に刺さりさえしなければ帷子が防ぐはずです」

翌日の夜、三人は離宮の部屋でファニーを罠にかけるための準備を始めた。

簡素なドレスの上に慣れない鎖帷子を装着しながら、リリアンは話を進める。

「ファニーとの待ち合わせは深夜零時、王宮の裏口で間違いないわね？」

「はい。その時間帯、裏口の衛兵には巡回を命じてあります。その隙を狙ってファニーと落ち合い、城内に侵入してください」

ふむふむとうなずいてリリアンは計画を頭に叩き込む。ギルバートはそんな彼女を見て、やはり不安そうに眉尻を下げた。

「無理は絶対にしないでくれ。ファニーに不穏な動きがあればすぐに逃げてロニーを呼ぶんだ。いいね？」

「ギルってば、そんな弱気でどうするのよ。大丈夫、任せて。必ずファニーを寝室までおびき出してみせるから」

この作戦が怖くないと言ったら嘘になる。けれどリリアンはそれ以上に使命感に燃えていた。必ずファニーの凶行の真実をつかんでみせる、と。

ギルバートとロニーが立てた作戦はこうだ。

王宮にはすでにふたつの情報を流してある。ひとつはギルバートが一命を取り留めたこと、もうひとつはリリアンが地下牢から脱走したことだ。

それを耳にしたファニーはおそらくもう一度ギルバートの殺害を図るだろう。けれど彼女がいつどんな手を使うかはわからない。だからチャンスを与えてやるのだ。

『助けて、ファニー。ギルに会いたいの。あなたなら私が無実だって信じてくれているわよね。味方はあなただけなの。お願い、協力して』

リリアンの筆跡でそう綴った手紙を、ファニーが使っている部屋の窓へと投げ込んでおいた。罪を着せられ牢獄を脱走したリリアンが愛するギルバートに会いたくて、ファニーに協力を求めていると思わせるように。

おそらく彼女はこれをチャンスと捉えるはずだ。今度こそギルバートにとどめを刺し、その罪をリリアンに着せることができるのだから。

呼び出しに乗ったファニーはリリアンをこっそり城内に招き入れ、ギルバートの寝室まで連れていくだろう。そして必ずそこで、ギルバートを再び手にかけようとするはずだ。

「証拠をつかめないなら、現行犯を捕らえるしかありません。ファニーが凶行に走った瞬間を、私とギルバート様で取り押さえます」

ロニーはそう説明した。

ギルバートはあらかじめ寝室に隠れ、ロニーはリリアンを見守りながらひそかに後方からついていく予定だ。

うまくいけば彼の言う通りファニーを現行犯で拘束できる。しかし、リリアンに危険が伴うことだけは避けようがない。ファニーの凶刃がギルバートだけでなく、リリアンに向けられる可能性もあるのだから。

「大丈夫よ、ギル。神様は正しい者の味方よ。作戦は必ずうまくいくわ」

自分の勇気を奮い立たせる意味も込めて、リリアンは強く言い含める。

けれどギルバートは複雑そうな感情に青い瞳を曇らせると、小さく嘆くように言った。

「神様がいるんだったら僕は詰め寄りたいよ。どうしてこんな事件にリリーを巻き込んだんだ、ってね。狙われるのも陥れられるのも、僕ひとりでいい」

ギルバートは後悔しているのかもしれない。人参が食べられないと言った自分の言葉が発端で、リリアンをこんな状況に巻き込んでしまったことを。

「……きみを危険にさらすくらいなら、いっそ――」

そうつぶやきかけた彼の口を、リリアンは両手で押さえて塞いだ。

「……駄目、そんなこと言っちゃ。絶対に」

すみれ色の瞳でギルバートをきつく見据える。それだけは口にしてはいけない。

――いっそ、王位など捨てて遠くへ逃げてしまおうか。

ギルバートの唇は、たしかにそう言おうとしていた。いまだに命を狙われ続けることにへきえきとした疲労と、リリアンを巻き込んだやるせなさを滲ませた青い瞳が、言葉以上にそれを伝えていた。

けれど、それを言葉にすることは許されない。ロニーをはじめ、ギルバートを王位に就かせることに人生を捧げてきた人たちのためにも。受け継がれてきた由緒正しきイーグルトン王家の血と魂のためにも。

「……ギル。男の子は強くならなきゃ駄目よ。どんな苦難にも胸を張って立ち向かうの。そうじゃなくちゃ、大切なものを守れないわ」

「僕にとって大切なのは――」

言いかけたギルバートの口を、リリアンは再び塞いで告げる。

「守って。この国を。あなたと私の楽園を」

揺るがない意志を込めた瞳でまっすぐ見つめ願われた言葉に、ギルバートの表情がわずかに変わった。

ギルバートにとってリリアンこそが楽園そのものだというのなら、自分を生み育んだこの国こそが楽園なのだとリリアンは思う。

ステルデン王国があったからリリアンは生まれ、健やかに成長し、ギルバートと巡り会うことができたのだ。たとえこの国を司る王宮で欲望にまみれた滑稽劇が繰り広げられたとしても、その奇跡の尊さは変わらない。

ギルバートは口をつぐんだまましばらくリリアンを見つめ返し、それからふっと目もとをやわらげた。

「……わかった。約束する。リリーもこの国も、必ず守ってみせる」

心が伝わったことがうれしくて、リリアンの顔にも笑みが浮かぶ。

ふたりは互いに無事を祈るように抱擁し、体をほどくとしっかりとうなずき合った。

窓の外はすでに夜の帳が降りている。幸いなことに月が雲に隠れているので、極秘任務を遂行するにはうってつけだ。

衛兵の制服を着たギルバートが記章のついた筒型のシャコー帽を目深にかぶり、金の髪と青い目を隠す。

「それじゃあ僕は先に寝室へ行っているから。……我らに神のご加護があらんことを」

いよいよ作戦が実行される。胸の前で手を組み祈りを捧げてから、ギルバートは部屋を出ていった。

暗闇に消えていくその背に、リリアンとロニーも無事を祈る。

(絶対に失敗するわけにはいかない。ギルのために、みんなのために、この国のために)

硬く手を組み祈りながら、リリアンは鎖帷子に包まれた胸の奥に深い覚悟を据えた。

ギルバートが部屋を出てから三時間後の、深夜零時。

リリアンは予定通り王宮の裏口へと立つ。ファニーがあの手紙におびき出されたなら、ここで待ち合わせのはずだ。

水場の奥にある裏口は小さく、人がひとり通れるくらいの古びた樫の扉だ。けれど国王の毒殺未遂があったばかりなので警備は固く、衛兵がついている。

リリアンが固唾《かたず》をのんで見守っていると、零時の鐘が鳴った。それを合図に、ロニーの言った通り衛兵は手にランタンを持ち、周囲の見回りへと行ってしまう。その隙をついてリリアンは隠れていた茂みから飛び出し扉の前まで行くと、二回繰り返しノックをした。

少し間が空いた後、キィと木の軋む音がして、わずかに扉が開かれた。その隙間から褐色の瞳がこちらをうかがっている。

「……ファニー」

リリアンは小声で呼びかけ、少しだけ外套のフードをずらして顔を見せた。すると、扉がさらに開かれランタンを手にしたファニーが顔を出す。

「リリアン様……、さあ、早く中へ」

ほのかな明かりに照らされた彼女の顔は、いつもとなにも変わりないように見えた。むしろ、リリアンの無事な姿を見て安堵しているようにさえ見える。

（本当に……ファニーが犯人なの……？）

今さらそんな疑問がよぎってしまうほどだった。リリアンに従順で素直な感情を表すこの人物が、本当に国王殺害を企てるような悪人なのだろうか。

けれど油断はいけないと心の中で自分を律して、リリアンは真っ暗な廊下の続く王宮内へと脚を踏み入れた。

「よかったです、リリアン様がご無事で。あ、いえ、よかったなんて言っていい状況ではないのはわかっているんですけど……、でも、お見かけしたところお怪我などはないようなので、それだけは安心しました」

衛兵に見つからないよう慎重に王宮内を進みながら、ファニーは小声で話した。

「心配をかけた上に、こんな危険なことまで頼んでしまってごめんなさい。でも信じて、私は毒なんか入れていないの」

リリアンも潜めた声でそう話すと、ランタンの明かりに照らされたファニーの顔が少しほころんだ。

「わかっています。私がリリアン様を疑うわけないじゃないですか。どれほどリリアン様がギルバート陛下を慕っておられるか、私は知っていますから」

あまりに優しい彼女の言葉に、感激で涙が出そうになる。無理もない、ここまで来てもリリアンは心の奥では彼女を疑いきれていないのだから。

今のリリアンは追われる身の犯罪者だ。それなのにファニーは以前と変わらずこんなにも尽くしてくれる。それがうれしくて、そして同じ分だけ悲しくて、心がかき乱された。

（ファニーが真犯人だなんて……どうか間違いだったらいいのに……）

そう願わずには、いられない。

けれど真相を突き止めなくてはギルバートの命が狙われるのだと思い直し、リリアンは脱獄犯としての演技を続けた。

「ありがとう、ファニー。やっぱり頼れるのはあなただけだわ。ほかの人は誰も信じてくれなくて……だから、ギルと直接話をしようと思ったの。ギルは一命を取り留めて無事だったんでしょう?」

「ええ、今朝がた宰相様から皆に通達がありました。国王陛下はご無事だと。まだベッドからは起き上がれないようですが、もうお話ができるくらいには回復されているそうです」

脱獄犯を装った会話をしながら、リリアンは動物のように五感を働かせて歩いた。ファニーは不審な動きをしていないだろうか。周囲にほかの協力者らしき気配はないだろうか。ロニーはちゃんとうしろからついてきてくれているのだろうか。

自分が床を踏みしめる音にまで耳をそばだててしまうほど張りつめた緊張感で、全身に汗が滲む。廊下は暗いうえにフードを目深にかぶっているので頬を幾筋もの汗が伝っていることはバレないだろうけれど、つい深くなってしまった呼吸の音がファニーに気づかれないか、心臓がドキドキと脈打つ。

今にもファニーが振り返り自分に刃を突き立ててくるのではないかとか、暗闇からほかの敵が飛び出してくるのではないかなど、不安と恐怖で目眩《めまい》がしそうだった。

リリアンは『必ず守ってやる』と誓ったギルバートの姿を思い出し、必死に心を落ち着かせた。

夜通し階段前に立っている衛兵の目をどうかいくぐるかが問題だったが、ファニーが慌てたふうを装って「宰相様がお呼びです。なにやら火急の件らしいですよ」と伝えると、すぐに持ち場を離れた。普段の衛兵ならこんな無防備な行いはしないだろうが、国王の暗殺未遂騒動で王宮中の士気が乱れている。現状、王宮を取り仕切っている宰相が緊急を要していると聞けば、優先的にそれに従うのも無理はなかった。

衛兵が急ぎ去っていったのを確認してから、物陰に潜んでいたリリアンが姿を現す。するとファニーは振り向き「うまくいきました」と、嘘をついた罪悪感を滲ませた苦笑を浮かべた。

その姿にリリアンはまたひとつ胸が痛むのを感じながら、「ありがとう」と告げて足を進めた。

ギルバートの寝室の前には衛兵がいるので、ふたりはリリアンの部屋を経由していくことにした。リリアンの部屋からギルバートの寝室に通じる扉があることは極一部の者しか知らないのが幸いしたようだ。

たった三日ぶりだというのに、自室に足を踏み入れたリリアンは泣きたいような懐かしさを覚える。この部屋でギルバートと甘い攻防を繰り広げていたのが遠い日のことのようだ。

その郷愁にも似た思いが、胸の勇気を再び奮い立たせる。

（……取り戻したい、ギルとの平和だった日々を。ううん、必ず取り戻すわ）

そしてついにリリアンとファニーは、目的の寝室へとたどり着いた。

国王の寝室は大仰な広さだ。ベッドサイドのランプの明かりにぼんやりと照らされた室内は、マホガニーの鏡板とベルベットの壁紙で覆われている。厚手のつづれ織りのカーテンで覆われた窓からは月明かりも漏れず、部屋には静かな闇がたゆたって見えた。

唯一の明かりであるランプの隣に、巨大な四柱式寝台がある。金の浮き出し加工がされたダマスク織りカーテンに覆われていたが、わずかにめくられたその隙間からベッドの中が覗けた。

リリアンは息をのむ。ギルバートは先にこの部屋へ戻りどこかへ待機しているはずだ。ファニーが凶行に走った瞬間を捕らえると言っていたが、果たしてどこに潜んでいるのだろうか。ベッドにはリネンにくるまれた膨らみが見える。もしやあれがそうなのだろうか。

「……眠っていらっしゃるみたいですね」

同じものを目に捉えて、ファニーが小声で言った。

リリアンは怪しまれないようにファニーから距離を取りつつベッドへ近づく。心臓が限界まで早鐘を打っていた。

ファニーは本当に今ここでギルバートの息の根を止めようとするのだろうか。こちらの思惑通りに本性を現してほしいという焦りと、やはり彼女が犯人というのはなにかの間違いであってほしい気持ちとがせめぎ合う。

「ギ、ギル……。そのままでいいから聞いて」

リリアンはベッドの前に立つと、そこにいるかもわからないギルバートに向かって話しかけた。

「あなたに毒を食べさせたのは私じゃないわ。どうか信じてほしいの。私はギルを傷つけることなんか絶対にしない。きっと真犯人を見つけてみせるから、だから……どうか、信じて」

それだけ言うと、リリアンは息を吐き出し一歩うしろへ下がった。

と、同時にうしろへ控えていたファニーが一歩前に進みリリアンの隣に立つ。

「リリアン様は本当にギルバート陛下のことが大切なのですね」

すぐ隣でかけられた感激にむせぶような声は、あの日、厨房で聞いたのと同じ声色だった。

「大丈夫ですよ。陛下はリリアン様のことを信じておられるはずです。だっておふたりは、こんなにも思い合っているのですから」

「……ファニー……」

やはり間違いだ。そう確信した。ファニーは心の底からリリアンを思いやってくれている。主従を超えた友情にも近い敬愛で。

申し訳ない気持ちが湧き上がり、リリアンは思わず彼女の手を両手で握りしめた。

「ありがとう、ファニー……」

「お礼なんておっしゃらないでください。言ったじゃないですか、リリアン様と陛下がお慕いし合っていることは、この私がとてもよく存じ上げていると」

その声色はやはりいつもと変わりない優しいファニーのものだ。だからリリアンは気づくのが一瞬遅れた。

リリアンに握られたのと逆の手に、ランプの明かりを映し込んだ鈍い光が潜んでいることに。

「――だから私が証言してさしあげます。リリアン様はお慕いしているギルバート陛下との身分差に悩み、愚かにも心中を図ったのだと」

まるで、いつものたわいないおしゃべりのような抑揚だった。そのせいでリリアンは一瞬その意味を計りかね、判断が遅れた。

言葉の意味を理解したときにはもう、目の前に刃が迫ってきていた。ファニーの手からまっすぐにリリアンの喉もとに向けられた刃が。

「――っ……‼」

もはや避けようもなかった。判断が遅れたのだと自覚したリリアンは叫ぶ暇もない。

けれど。ファニーがドレスの袖から短剣を現したことに、先に気づいた者がいた。

そして、駆けつけるより早くそれを阻止できた者が。

リリアンの首に切っ先が触れる直前。ダンッ‼という大きな音とともにファニーの体が床に伏せった。

リリアンは目を見張る。なにが起きたのか理解できなかった。網膜に残っているのは金色の残像。今たしかに、リリアンに刃を突き立てようとしたファニーの真上に、なにかが〝降ってきた〟のだ。

「リリー大丈夫か⁉」

叫ぶような声を聞いて、リリアンはやっと理解する。

頭上から降ってきてファニーを全身で取り押さえたのは、ベッドの天蓋に身を潜めていたギルバートだったのだと。

「ぐ……っ、あぁ……っ」

全体重をかけ背中に圧《の》しかかられたファニーは、ギルバートの下で苦しそうに呻く。もはや力の入っていない手をギルバートがねじり上げれば、握られていた短剣がたやすく落ちた。

けれど彼は端正な顔に恐ろしいほどの怒りを滲ませた表情で、帯刀していた剣を抜き、自分の下で床に倒れ込んでいるファニーに向かって振り上げた。

「おとなしく僕だけを狙っておけばよかったものを。リリーに刃を向けた罪はこの国で最も重い。地獄で思い知れ」

本気の殺意がこもった低い声にゾッと気圧される。一瞬、息が止まるほどの恐怖を感じた。

けれど、リリアンがとっさに彼の腕にしがみつき止める。

「駄目……っ！　殺さないで！」

まだ真実はなにもわかっていない。ファニーがどうしてこんな悲しい凶行に及んだのか、その理由を知らないまま葬るわけにはいかなかった。

ギルバートの憎悪に濁った瞳が、一瞬わずらわしそうにゆがめられる。そのとき、部屋の扉が開きロニーが駆け込んできた。部屋の前で待機していたところ、大きな物音と声が聞こえたので突入してきたのだろう。

「ギルバート様、落ち着いてください。この女を証言台に立たせるまでは殺してはなりません。リリアン様の無実が証明できなくなってしまいます」

尋常じゃないようすの主君を見て状況を察したロニーも、すぐさまギルバートの腕をつかんでいさめた。

リリアンの無実が証明できなくなると聞いて、ギルバートはやっと我を取り戻した。振り上げていた腕を下ろし、剣を鞘に納める。

しかし、リリアンとロニーがホッと息をついたのも束の間。

「殺しなさいよ、この悪魔！」

床に伏せて取り押さえられた姿勢のまま、ファニーが叫んだ。

「エリオット様の魂をむしばんだ残酷非道な悪魔のくせに！　殺しなさい、未来永劫《えいごう》呪ってあげるから！」

ついに偽りの仮面の剥がれたファニーは、半狂乱になってわめいた。その言葉の内容にリリアンは愕然とする。

ファニーは本当にシルヴィアたちの手先だったのだと。友のような優しい言葉はすべて偽りだったのだと、容赦のない真実がリリアンを襲う。

「ファニー……、どうして……」

喉の奥から絞り出すような苦しい嘆きが、リリアンの口からこぼれる。

権力を巡って繰り返される愚かな争い。大勢の人を巻き込んで、この嘆かわしい受難劇はいったいいつまで続くのだろうか。

「もうどうあがいたってエリオットは国王にはなれないのよ。今さらこんな復讐《ふくしゅう》をしたって、誰も幸せになんてなれないじゃない。こんな馬鹿げた争いから、もうギルを解放してあげて……！」

やるせない悲しみに、リリアンは願うように言った。

しかし、ファニーから返ってきた言葉は驚くべきものだった。

「そんなこと……、そんなことエリオット様は望んでない！　あの方はただ平和に暮らしたかったのよ、王位なんて望んでなかった！　国王の座に執着してエリオット様をひどい目に遭わせたのはお前たちじゃない！」

そのせりふに、リリアンばかりかギルバートとロニーも驚愕の面持ちになる。

王位を望んでいない——だったらファニーの復讐はいったいなにが目的なのか。

けれど、ファニーの瞳に浮かんだ涙を見てリリアンは気づく。悔しそうに、苦しそうにゆがめられた瞳からこぼれた涙に、込められた思いを。

「ファニー……。あなた、もしかして……エリオットの恋人なの……？」

リリアンの推測は、ギルバートたちをさらに驚かせた。

そして、その推測が的中したことを示すように、ファニーの瞳からは一気にボロボロと涙があふれ出した。

「……ずるい……。どうして同じ立場なのに、あなたたちだけが幸せなの……？　私だってエリオット様と笑い合って暮らしたかった。あの方の笑顔を奪っておきながら、なにも知らずに笑い合っているあなたたちが許せない……！　私にも幸福を、エリオット様の笑顔を返してよ！」

泣き叫んだファニーの姿に、リリアンは胸が引き裂かれるような思いがした。

こんな結末、誰が予想できただろうか。ギルバートとエリオット。運命のいたずらで生まれたふたりの王子と、それぞれを愛する女。

ファニーは鏡に映った自分だとリリアンは思った。王宮の陰謀に巻き込まれた勝者と敗者。それを境にして映し合っている、同じ立場なのだと。

リリアンはギルバートに取り押さえられていたファニーの体を解放し、床に座らせてあげた。もう逃げる気配もないようなので、ギルバートたちも強引に拘束することはしない。

ファニーは観念したように告げた。自分はメイベルという名で、エリオットの乳母兄妹でこの王宮で彼と仲むつまじく平和に育ったことを。

けれど七年前、シルヴィアに不義の疑惑が上がると状況は一変し、エリオットは熾烈な王位継承権争いの渦中に放り込まれる。

エリオットはメイベルと彼女の母を遠い町まで逃がすように手配した。これから王宮は陰謀と欲望の渦巻く戦場になる。大切な幼なじみを巻き込みたくないという彼の精いっぱいの思いだった。

遠い地でエリオットの無事を願うメイベルの祈りは届かなかった。一年前、当時王太子だったギルバートは徹底的にシルヴィア復権派を叩きつぶすため、シルヴィアとエリオットを不敬罪として流刑に処したのだ。

それを知ったメイベルは己の危険も顧みず、すぐにメーク島へと渡った。そこで彼女が見たものは——長年の権力争いに巻き込まれ精も根も尽き果てたエリオットの姿だった。

エリオットは母親のシルヴィアとは違い穏やかな性格だったという。権力よりもささやかな幸福と穏やかな暮らしを望んでいたが、野心家な母と周囲の思惑によって翻弄され続けた。

ギルバートも何度も命を狙われ、裏切られ、欺かれてきたが、エリオットもまた同じだったのだ。しかも彼は最終的に敗者となり、過酷な環境の流刑地へと送られた。もはや生きる気力などとうに尽きている。

粗末な服を着て罪人の暮らす小屋で佇むエリオットに、王太子であった少年の頃の面影などなくなっていた。いつもメイベルにやわらかく微笑みかけてくれていた顔は感情をなくし、空虚な瞳はなにも映していない。

メイベルと再会しても、エリオットは笑うこともなにかを語ることもなかった。けれどある日、彼がメイベルの手をそっと握り独り言のようにつぶやいた。『私を、殺してくれないか』と。

その瞬間から、メイベルは自分の中の良心をすべて捨て去った。この世界に神などいない。慈悲などない。ならば、エリオットを生きる屍《しかばね》にしたギルバートを自分が地獄に落としてやろうと。そのためにはなにを犠牲にしたっていい。自分の手を血に染めることも、厭《いと》わない。

メイベルは七年ぶりにステルデン王宮へと舞い戻った。登城しようとしていたファニーという少女を殺し、成り代わって侵入した宮廷内はすでにギルバート派の者たちで埋め尽くされていて、メイベルの顔を知る者はひとりもいなかった。

そうして復讐の機会をうかがっているうちに出会ったのが、リリアンだった。

メイベルはそれ以上のことは語らなかったが、リリアンは彼女の怒りと苦しみが痛いほどわかる。

幼なじみと互いに思い合っているという同じ立場でありながら、不幸のどん底に突き落とされた自分たちと違い、愛を育み合っているリリアンとギルバートを目のあたりにしてメイベルがなにを思ったかなんて、考えるまでもない。

それは皆同じ思いのようで、ギルバートもロニーも、さすがに神妙な顔つきで口をつぐんだ。

けれど。

「……メイベルの気持ちはわかる。でも、悪いのはギルじゃないわ」

リリアンはやりきれない思いにこぶしを震わせ、ぎゅっと外套をつかんで言った。

涙に頬を濡らしたメイベルがうつむかせていた顔を上げ、キッと睨みつける。

そのまなざしにも怯《ひる》まず、リリアンはすみれ色の瞳で見据え返して続けた。

「ギルは自分を守っただけ。そうしなければ自分が追い落とされ、殺されていたんだから。王位争いはふたりの王子をたくさん不幸にしたわ。ギルにだって深い傷跡が幾つも残ったこと、あなただって知っているでしょ？」

「でもあなたたちは今幸福じゃない！　エリオット様は、エリオット様は……もう笑ってくれないのよ……」

　メイベルの瞳から再び涙があふれ出す。復讐さえ失敗した女の無防備な泣き顔は、あまりにも哀れに映った。

　リリアンはそんな彼女の手をつかみ、握りしめて強く説く。

「だったら！　だったらあなたはこんなところにいちゃ駄目でしょう!?　彼のそばにいて、傷を癒やして、励まして、奮い立たせなくちゃ！　彼の笑顔を取り戻せるのはあなただけじゃないの、メイベル！」

　考えれば考えるほど、この復讐は誰も救われないとリリアンは思った。なぜなら、七年前醜い争いに巻き込みたくなくてメイベルを王宮から逃がしたエリオットが、彼女の手を復讐の血に染めることなど望んでいるはずがないのだから。

「愛する人に抱きしめられることがどれほど心強いか……、あなただって知っているでしょう？　エリオットを抱きしめる以上に大切なことが、今ここにあるの？」

　言い含めながら、リリアンの瞳も涙に濡れていく。

　残酷で悲しい年月をなかったことにはできない。深く心に刻まれた傷は、癒やされたとしても痛ましい爪痕を残すだろう。

けれど。だからといって未来までもが絶望に奪われるわけではない。どんな環境にいようとどんな立場であろうと、未来は自分の足で進むものなのだから。

そこに幸福の種をまき育てることをやめない限り、いつかは必ず光り輝く花が咲く。小さな花でいい。咲かせ続けた努力はきっといつの日かあのキンポウゲの丘のように、きらめきあふれる楽園になるはずだ。

「強い思いがあれば、必ずエリオットの心は救えるわ。神様はそこまで残酷じゃない。愛が尊いことを教えてくださったのは、神様なんだから」

憎悪に曇っていたメイベルの瞳が浄化されるように、ポロポロと透明の涙を落としていく。

そっと視線を投げかけてきたリリアンに、ギルバートは静かに目を伏せるとこくりとうなずいた。

「——メイベル。国王殺害を図った罪は重い。ステルデンの地を踏むことを禁じ、流刑の地で一生を過ごすことをお前への断罪とする。……そこでせいぜい敬虔《けいけん》に生きることだな」

愛ゆえに愚かな間違いを犯したメイベルへの罰は、この先の人生を愛に捧げて生きることだった。

それがメイベルにとって幸福となるか不幸となるかは、彼女の生き方次第だ。

けれど、温かい涙をこぼし続けるメイベルの姿に、リリアンはきっとこれでいいのだと思うことができた。

窓の外は白々と夜が明け始めている。

オアーブル宮殿に、新しい朝が訪れる瞬間だった。

第十章　永遠のエデン

国王の毒殺未遂に震撼《しんかん》したオアーブル宮殿も、それから一ヶ月が経ちようやく平穏な日常を取り戻しつつあった。

メイベルはギルバートの審判通り流刑に処せられ、メーク島の教会で贖罪《しょくざい》に身を捧げて生きている。国王殺害は未遂だったとはいえ、彼女はファニーという無関係の少女を殺しているのだ。その罪は一生をかけて償うべきものだろう。

劣悪ともいえる環境で労働と懺悔《ざんげ》に若き身を投じることは過酷だ。けれど、愛し合う人がそばにいるのなら、いつの日かメイベルにもエリオットにも笑顔になれる奇跡が訪れるはずだ。リリアンはそう信じ、あの日からメイベルの幸福をずっと祈り続けている。

そして、一方のギルバートといえば――。

「リリーが作ってくれたケーキがいい。じゃないと食べないよ」

「もう、ギルってばわがまま言わないの。同じ人参じゃない。せっかく採りたてをシェフがサラダにしてくれたんだから、残さず食べなさい」

「じゃあ、口移しで食べさせてよ」

リリアンへの独占欲はますます増長する一方だ。子どもより手のかかる国王に、リリアンは眉尻を下げてハーッと大きくため息を吐き出してしまう。

しかし、ギルバートにもあの事件以来変化があった。

外交での彼の物腰はだいぶやわらかになったと評判だ。かつて反目していた国や組織に対してもあからさまに敵意を剥き出しにすることはなくなったし、新たな友好関係を築こうという努力も見える。

宮廷でも臣下らの意見に耳を傾けることが増え、時には笑顔を見せることもあるという。それだけで王宮内の空気は以前よりもずっとやわらかくなったようだ。『氷の王』などという悲しい異名も、消えるのは時間の問題に思えた。

ギルバートはとくになにも言わなかったけれど、メイベルとエリオットの話を知って彼なりに考えることがあったのだろう。

エリオット自身は王位に執着していないようだったが、それでももし彼のほうが王座に就いていたのなら、あのような悲劇は起きなかったに違いない。

エリオットに対してもメイベルに対しても、ギルバートが申し訳なさを感じる必要はない。けれど、王座を勝ち得た者は敗者に誇れる背中を見せる義務がある。敗者に敗者たる運命を受け入れさせるために。

ギルバートもその重みを目のあたりにして、勝者の運命を背負う覚悟を決めたのだろう。

自分が作り上げるのは、過去の傷と遺恨にとらわれた王宮ではない。二度と悲劇を繰り返さないよう新しい信頼を築き上げ、平和な未来を歩むことこそが、エリオットたちへの最大の慈悲になると気づいて。

そんなギルバートの心中を思うと、リリアンは彼のわがままを全部受け入れてあげたくなってしまう。

立派な国王になろうと、ギルバートはギルバートだ。いじらしい姿を見せられると、たまらなく愛しくなって甘やかしたくなるのは、もはやリリアンの性分だろう。

そしてギルバートもまたそんな彼女のことを熟知しているからこそ、遠慮なく独占欲を剥き出しにしては甘えてくるのだ。

「ほら、はやく食べさせてよ」

急かされたリリアンはグラスに彩り豊かに飾られた人参のスティックを一本つまみ、はじっこをパクリと口にくわえる。そうしてギルバートの前に差し出すと、彼はうれしそうに口角を上げ、逆側のはじにパクリと食いついてきた。

カリカリと音を立ててギルバートの顔が近づいてくる。もう何度もキスはしているのに、まるでゲームのような雰囲気で唇を寄せられると、たまらなく恥ずかしい気持ちになってきた。

「も、もう無理！」

真っ赤になった顔でリリアンは人参を噛み切り、ギルバートから顔を背けてしまう。青い目をまん丸く見開いたギルバートは残った人参を口に収めてごくんと飲み込んでから、不満そうに顔をしかめた。

「もう少しで唇まで届いたのに……」

「食事中にふざけちゃ駄目！　お行儀が悪いわ！」

焦って取り繕いお説教するも、どうやら言葉を間違えたようだ。

「じゃあ食後ならキスしてもいいんだね？　約束だよ、食後の甘ーいキス」

すっかりからかわれてしまい、リリアンは頬を熱くしたまま慌ててなにも言い返せなくなってしまう。

そんな彼女を愛おしさのあふれるまなざしで見つめ、ギルバートは顔を近づけわざと吐息が耳にかかる距離でささやくのだった。

「駄目だよ、リリー。そんなかわいい顔見せられたら、我慢できなくなる。食事の代わりに、この甘くておいしそうな肌、全部食べちゃってもいい？」

カプリと耳を甘噛みされてしまい、「ひゃっ」という素っ頓狂な声とともにリリアンが肩を跳ねさせる。

「もうギルってば……、そ、そういうのは駄目って言ったじゃない……！」

心臓が加速を始めてしまったリリアンは彼の肩を押し離し、寄せられていた妖艶な顔を無理やり遠ざけた。

甘えが増長したせいか最近の彼はやたらとリリアンを求めたがる。以前のように無理やり触れてきたりはしないけれど、ことあるごとに『食べたい』だの『欲しくてたまらない』などとささやいてくるのだ。

日陰の身であっても一生ギルバートを支えていこうと決意したリリアンだけど、その一線を越えることにはやはり簡単にはうなずけない。

そもそも前国王が愛人を持ったせいでギルバートとエリオットは過酷な運命を背負わされる羽目になったのだ。そのことを考えるとやはりリリアンは正妻以外が王の子を孕《はら》むことに抵抗を持ってしまう。

〝愛人〟になる覚悟はできても、安易に体を開くことはできないとリリアンは深く悩んでいた。

しかし。

「どうせリリーは僕のお嫁さんになるんだから、少しくらい初夜が早まったっていいと思うんだけどな」

ぽろりとギルバートがこぼしたせりふに、リリアンは目をパチパチとしばたたかせた。

なにかの聞き間違いかと思った。あるいはいつもの冗談の延長線か。

けれど、リリアンが不思議そうな顔をしているのを見て、ギルバートは「ん？」と小首をかしげた後、少し考えてから「あれ？」と気まずそうな笑みを浮かべた。

「あー……そういえば、メイベルの件でせわしなくなって言うの忘れてたかも……」

その言葉を聞いてリリアンもハッと思い出す。ケーキの毒に倒れる直前、彼が『告げたいことがある』と言ってそれっきりになっていたことを。

「えーっとね。ようやく手はずが整ったんだ。今年中にリリーにはローウェル公爵家の養女になってもらって、年が明けたら大々的に僕との婚約を発表しようと思ってるんだけど……いいよね？」

あまりにも軽い調子で言われたので、一瞬なんの話かわからなかった。『いいよね？』なんて、愛らしい笑顔で小首をかしげられても、リリアンはポカンとしてしまう。

「……言ってる意味がよくわからないわ」

「だから、ようやくリリーと結婚できる手はずが整ったんだよ。ローウェル公爵がきみを爵位継承権付きの養女にしてくれるんだ。これできみは公女になり、めでたく身分差がなくなって僕と結婚できるんだよ。楽しみだね。ウエディングドレスは歴代一豪華なものにしてあげるからね」

数秒かけてリリアンは頭の中を整理したのち、「はぁあ⁉」という大声とともに勢いよく椅子から立ち上がった。

ステルデン王国の教圏では貴賤結婚は禁止されている。けれど、貴族の養子縁組は両家の合意と国王、議会、教会の承認さえ得られれば認められている。しかもローウェル公爵家、つまりドーラ夫人とその夫には子どもがいないので、ステルデン王国の継承規定にのっとり養女であるリリアンが爵位を受け継げるのだ。

そうなればリリアンはもう下級貴族の娘ではなく、王家との結婚が許される公女だ。ギルバートとの婚姻になにも問題はない。

しかし、そんな壮大な計画が着々と進んでいたことは初耳だ。リリアンは目を白黒させて混乱を極める。

「な、なにそれ⁉　私なにも聞かされてないわ！」

「うん、ごめんね。なかなかローウェル公爵が首を縦に振ってくれなくてね。きみをハラハラさせたらいけないと思って黙ってたんだ」

軽い口調で言ってのけるギルバートを、呆然と見つめた。ご機嫌に口角を上げている彼は、驚愕しているリリアンの姿をどこか楽しんでいるように見えるのは気のせいだろうか。

「本当にローウェル公爵の説得には骨が折れたんだ。彼は血筋と品格を重んじる厳格な性分だからね。でもドーラ夫人が『リリアン様は陛下を唯一お支えできる気丈なお方です。ローウェル家にふさわしい教養と品性はわたくしが身につけさせます』って説得してくれて、ようやく合意を得たんだよ」

「ドーラ夫人が……？」

あのドーラ夫人が夫に向かってそんなふうにたしなめてくれたとは、驚きだった。てっきり彼女は田舎娘のリリアンが目障りであれこれ口うるさくしてきたのだと思っていたが。まさかそれがリリアンを自分たちの娘としてふさわしい女性にするための教育だったなんて、どうして予想できようか。

「じゃあ……私以外みんな知ってたの？」

「みんなじゃないよ。ローウェル公爵夫妻ときみの祖父のジェフリー。あとロニーも知ってたけど……あいつは最初は反対してたんだ。僕には国の勢力拡大のため、政略結婚をしてほしいって。冗談じゃないって怒鳴りつけてやったけどね。でも、僕が絶対にリリアンをあきらめないってわかったんだろう。途中からは協力的になったよ」

ギルバートの話を聞きながら、リリアンはチクンと胸が痛んだ。

ロニーが結婚に反対しなくなったのはきっと、ともに協力し合おうと誓ったあの夜がきっかけではないかと思う。

ロニーの考え方を変えられたことはうれしいが、キスをされてしまったことは思い出すと今でも少しうしろめたい。もちろん、リリアンが悪いわけではないが。

「でも……、少しは私にだって相談してくれてもいいじゃない。もう子どもの頃とは違うのよ」

当事者であるにもかかわらず今まで極秘にされていたことに不満をこぼせば、ギルバートは優しく微笑んで頬に軽いキスをしてきた。

「わかってる。でもね、好きな子の前ではカッコよくいたい僕の気持ちもわかって？」

彼からしてみたら、結婚を申し込んだ後でローウェル公爵に手こずる姿を見せたくなかったのだろう。考えてみたら年齢のことだってそうだ。年上のくせにリリアンより小柄で頼りないと思われるくらいなら、年下ぶってかわいいと勘違いされていたほうがマシだったのかもしれない。

そうしてリリアンより背も伸びて一人前の男になってから、結婚に向かってすべての障害がなくなってから、全部を打ち明けてリリアンを驚かせることがギルバートはきっと大好きなのだ。

彼女としては毎回度肝を抜かれるような衝撃を受けるので、勘弁してほしいところでもあるが。

怒っているリリアンをなだめるように、ギルバートが頬にチュ、チュッとキスを繰り返す。

くすぐったくて困っているうちに、なんだか涙が滲んできてしまった。

「もう……、私、すごく悩んだんだからね。どんなにギルのことが好きでも、貴賤結婚はできないって。ギルがほかの女の人を王妃に娶るのはつらいけど、ちゃんと受け入れなきゃって」

リリアンの眦《まなじり》から涙の滴がこぼれていくと、ギルバートはそれをキスで舐め取った。グスグスと泣きだしてしまったリリアンをぎゅっと抱きしめ、大きな手で髪をなでてくる。

「なに言ってるのさ。僕がリリー以外の女を娶るわけがないのに。約束、忘れちゃったの？　お互いずっと一番好きでいようねって。僕はずっとずっと忘れてないよ。絶対リリーを手に入れるって決めてた。どんな手を使ってでも絶対、ね」

優しくなでてくる手を感じながら、リリアンは本当にギルバートは大きくなったのだなと感じる。

小柄で頼りなくて守ってあげたい小さな少年は、いつの間にかリリアンを腕の中にすっぽりと閉じ込められるほどに逞しくなり、この国で誰よりも頼もしく凛々しい王様になった。

それでも、彼の思いはあの日からなにひとつ変わっていないことが、うれしい。

「私だって……、ギルのことが好き。七年前からずっと、誰よりも、ずっと一番好きだった」

胸が熱くなるような喜びと切なさで、勝手に涙があふれてきてしまう。しゃくり上げると、体を少し離したギルバートが、クスッと笑いながら頬を拭ってくれた。

「大人になったらリリーのほうが泣き虫になっちゃったね」

「……泣かせてるのは、いっつもギルじゃない」

「うん、そうだね。これからはもっともっと優しくしてあげるから」

そう言ってギルバートは涙を拭っていた手でそっと頬を包んでくる。間近で空のように青い瞳と視線が絡まり、見つめ合ったままキスをした。

(――ギル、大好き)

彼の青い瞳はいつだってリリアンを求めている。透き通るような純真さの中に、手がつけられないほどの執着と渇望を宿して。

そんな彼の青が、少しだけ満ち足りたように幸福に輝いていた。

「ギル……愛し――」

唇を離したリリアンが紡ごうとした言葉を、ギルバートが人差し指を押しつけて止める。

「僕から言わせて」

天使のような優美さと大人の蠱惑さをたたえた笑みで、ギルバートは告げた。

「愛してる、リリアン。僕の、僕だけのエデン。一生離さないけど――いいよね？」

彼らしいプロポーズの言葉に、クスリと温かな笑いが込み上げる。リリアンはギルバートのお願いにはめっぽう弱いのだ。断れるわけがない。

「もう、仕方ないわね。私こそ、一生ギルから離れてあげないんだから」

どちらともなく引き寄せ合った体を、固く抱きしめ合う。

そのぬくもりにかけがえのない幸福を感じて、リリアンはもうひと筋、涙を頬にすべらせた。

「リリアン様、歩く速度が速すぎです。もっと歩幅を狭めて、しとやかに。それから畑に行く際は必ず侍女に日傘を持たせなさい。黒く焼けた肌で真っ白いウエディングドレスを着るおつもりですか」

リリアンが公爵家に養子縁組することが大々的に公になったせいか、ドーラ夫人は以前にもまして口うるさくなったような気がする。

けれどそれが彼女なりの愛情であり責任であることがわかったから、リリアンはもう不満を抱くことはなかった。

「はーい、お母様」

素直に返事をすれば、ドーラ夫人のいかめしい顔つきにほんのり紅が差す。

「〝お母様〟はまだ早いです。正式に手続きが終了するのは来月なのですから。けじめはつけなくてはいけませんよ」

子どものいないドーラ夫人にとって、結婚のための縁組とはいえリリアンは初めて持つ娘になるのだ。どうやらそれは彼女にとって満更でもないどころか、なかなかどうして幸福なことらしい。

　そんなふたりのやりとりを見て、畑のそばに置かれたティーテーブルからジェフリーが楽しげに声をかけた。

「リリアンにはずっと両親がいなかったから、早くドーラ夫人を母と呼びたくて仕方ないのですよ。どうぞ存分に呼ばせてやってくだされ」

　手塩にかけた孫娘にもうすぐ最大の幸福が訪れることに、ジェフリーもずっと顔がほころびっぱなしだ。

　聞けばなんとジェフリーは、七年前にギルバートから告げられていたという。『必ず国王になってリリアンを迎えに来る』と。

　彼はギルバートが少年ながら利発で思慮深いことを知っていたので、その宣言が必ず実現すると信じていた。だからギルバートが用いたこの作戦も、リリアンがいずれ王妃になることも、すべて承知の上だったのだ。

　ローウェル家の養女になったとて、リリアンは寂しいとは思わない。王妃になるリリアンは当然王宮に住むのだし、国王の相談役に任命されたジェフリーも王宮に住むことになったのだから。もちろん、ローウェル夫妻もだ。リリアンにとっては家族が増えたという認識にほかならない。

思い出がたくさん詰まった生家であるモーガン邸への帰郷も、時々ならば許してもらえるだろう。憂うことはなにひとつなかった。

「お爺様ったら。それじゃあなんだか私が寂しがり屋の甘えん坊みたいじゃない」

畑の水やりを終えたリリアンがティーテーブルに着くと、ジェフリーは紅茶を飲みながら「おや、違うのか？」などと笑う。

「私はしっかりしてるわ。甘えん坊のギルとは違うんだから」

思わずムキになって反論してしまえば、うしろから噂の甘えん坊の声が聞こえた。

「あはは、リリーってばお姉さんぶっちゃって。じゃあご期待に応えて、今日もたっぷり甘えさせてもらおうかな」

「ギ、ギル……！　来てたの⁉」

まさか張本人が背後にいたとは気づかず、リリアンは驚いてあやうくティーポットを倒しそうになる。

青いジュストコール姿のギルバートは今日もニコニコとご機嫌だ。彼はリリアンさえいれば、常に笑顔を絶やさない。

そしてそのうしろには、主君の幸福そうな姿に穏やかな笑みを浮かべるロニーの姿も。

その笑顔にはギルバートがようやく国王としての責任を強く持ち、新王政が安泰してきたことに対する心からの安堵がうかがえた。

「ギルったら、地方の視察に行ってたんじゃなかったの？」

「視察も接見も終わらせてきたよ。予定より早く帰れたから、お茶の時間を繰り上げようと思ってね」

会話しながらリリアンの隣の椅子にギルバートが座ると、侍女がすぐさまお茶の準備を始める。

「ねえ、カボチャはいつ収穫できるの？　僕、リリーの作ったパンプキンパイが食べたいな」

リリアンはあれからも小さな畑を続けている。野菜を育てるのは楽しいし、なによりそれで作った菓子や料理をギルバートがおいしいと喜んでくれるのがうれしかったからだ。

王妃になる身としてはあまりに庶民的な趣味だけど、国王自身がそれを楽しんでくれているので、結婚後も続けさせてもらえるだろう。

「カボチャはまだ先よ。それより先にカブが採れるからスープを……ん？」

会話をしていると、ジェフリーや侍従、ドーラ夫人らが静かに礼をして皆立ち去っていった。ロニーまでもが「陛下。一時間後にお戻りになられますように」と言い残して去っていく。

すでにギルバートがリリアンに尋常じゃない独占欲を持っていることは、王宮中の知ったところだ。気を利かせている――、というよりは、そんなふたりのイチャつきに当てられてはたまらないとばかりに、皆そそくさと席を外した。

「え？　どうしたの、みんな。一緒にお茶をすればいいのに」

ひとり意味のわかっていないリリアンはすっかり誰もいなくなってしまった周囲をキョロキョロと見回すが、ギルバートは待ってましたとばかりに体をすり寄せてくる。

「やっとふたりっきりになれたね、リリー」

言うが早いか、いきなりほっぺにキスを落とされて、リリアンは動転した。いくら皆が立ち去ったとはいえ、ここは中庭だ。どこで誰が見てるともわからないのに。

「ねえ、リリー。前から思ってたんだけどさ、リリーってミルクブランマンジェに似てるよね。白くてやわらかくていい匂いがして。食べたらやっぱり甘くておいしいのかな」

犬のようにリリアンに擦り寄りながら、ギルバートはチュ、チュッと頬にキスを落としていく。くすぐったくて身を捩《よじ》れば、逞しい腕にぎゅっと包まれてしまった。

「もう、ギルってば私をおやつ扱いするのはやめて」

「おやつじゃないよ。リリーはいつだって僕のメインディッシュだから。まあ前菜もデザートも全部リリーだけど」

よくわからない理論を口にしながら、ギルバートの唇はついにリリアンの唇にたどり着いた。

ケーキよりブランマンジェより甘い、幸福なキス。こんな場所で恥ずかしいと思いながらも、リリアンはうっとりと酔いしれる。

愛おしい幼なじみは、有能な国王陛下で、輝くような美貌の持ち主で、それなのに誰よりも甘えん坊だ。

けれどそれだけじゃない。彼は心身ともに成長しリリアンを愛し守れる強い男になった。

甘えん坊の幼なじみも、愛する強さを持った大人の彼も、どちらも好きだとリリアンは思う。だって、それがギルバート・ケネス・イーグルトンという男なのだから。

「リリーの唇、やわらかくておいしいね。あー、はやくリリーの全部を食べちゃいたいなあ」

無邪気な口調とは裏腹にねっとりと淫靡《いんび》な舌遣いで唇をねぶってくるギルバートを、

リリアンは苦笑しながら押し離す。

「我慢して。結婚式まであと一年もないでしょう。もうちょっとの我慢よ」

「一年って……すごく長いよお」

いじけた子どものような声を出すギルバートの頭を、リリアンはクスクスと笑いながら優しくなでた。

「本当にもう、仕方のない子。でも大好きよ、ギル」

吹き抜ける秋の風が、畑の植物たちをサラサラと揺らす。

黄色い花を実らせたキンレンカが秋の日差しを受けてキラキラと揺らめき、光り輝くエデンのようにきらめいていた。

エピローグ　十九年

上弦の月が空高く昇り、人も草木も寝静まった夜更け。

暗闇に包まれたオアーブル宮殿の居住区の廊下を、ひとりの男が足音を忍ばせて歩いていた。

廊下に明かりはなく数歩先は視界を奪う闇だったけれど、男は速度をゆるめることもなく慣れた足取りで進む。

この王宮に移り住んでから七年間、ほとんど毎晩ここへ通っているのだ。視界が遮られようとも体が道のりを覚えている。

そうして王家の部屋が並ぶ廊下を通り過ぎ回廊まで進むと、彼は足を止めて壁に向き直った。

そこには代々の王族の肖像画が飾られている。その中の一枚に向かって、彼は跪《ひざまず》き深々とこうべを垂れた。

「──ミレーヌ様。ご報告に参りました。ご結婚を間近に控え、ギルバート陛下の支持率はますます高まっております。もはや宮廷内外に陛下をおとしめようと企む者は皆無でしょう。ギルバート王政は安泰したと申しても過言ではありません」

——それは十九年前、彼が彼女と約束したこと。

『ロニー。この子はイーグルトン王家の正しき継承者なの。どうかこの子を在るべき場所へ導いてあげて。民に愛される誇り高き王に——どうかギルバートを導いてあげて』

命の灯を消す間際、ミレーヌ王妃は若きロニーの手を握ってそう泣いた。

ミレーヌは知っていた。まだ十六歳の少年ともいえるこの若き近衛兵が自分に思いを寄せていることを。

ミレーヌが無実の罪をかけられ王宮を追い出され離宮に軟禁されてからも、ロニーは彼女に最大限の敬意を払い従順に尽くし抜いた。ミレーヌにとって心の底から信頼できる者は、もう彼しかいなかったのだ。

ミレーヌは弱りきった体でギルバートを生み、その成長を見守ることができないまま逝かねばならないことを悲しんだ。

そしてどうかこの不遇で、けれど誇り高き血を引く息子を守り導いてほしいと、ギルバートをロニーに託したのだった。

あれから十九年。

幼いギルバートを守りふさわしい教育を施し、王位継承争いに勝ち抜き彼を玉座に座らせ、その座を安泰なものにできた。ロニーはようやく彼女との約束が果たせたことに、深い安堵のため息をつく。

「今の陛下のお姿を見たら、あなたはなんとおっしゃられるでしょうね」

答えの返ってこない肖像画に向かって、ぽつりとつぶやいた。

スイカズラ模様の額に収められたミレーヌは、淡い笑みを浮かべたままこちらを見ている。

前国王が再婚したときにミレーヌの絵や銅像はすべて処分されてしまったので、彼女を描いた絵画は、ギルバートが王太子になったときに画家に描き直させたこれ一枚のみだ。

昔のスケッチから描き起こさせたので当時はあまり似ていない気もしたけれど、もう慣れた。美しかったミレーヌの姿は今も色あせずにロニーの心の中に残っている。けれどここに来てしまうのは、やはり話しかける対象が目の前に欲しいからなのだろう。

今や宰相となり国王の第一の側近という身分になっても、己の心が忠誠を誓うのはミレーヌ王妃ただひとりだとロニーはつくづく思う。

異国から嫁ぎ常に気高く、それでいて深い愛情を臣下にも国民にもかけていた王妃。

ロニーは閲兵式で初めて彼女から言葉を賜った日を忘れられない。

『この国を守ることが、どうかあなたの幸福になりますように』

たかが一兵卒にすぎない自分の幸福を願ってくれた王妃に、ロニーはあの日恋に落ち、魂の忠誠を誓った。

すべてが終わった今、振り返ってみて思う。ミレーヌとの約束を果たしギルバートを守ること、それはひいてはこの国を守ることだ。遠い日に彼女が願ってくれたことは、今、たしかに叶った。

「ミレーヌ様。私はあなたとの約束を果たすために今日まで生きて参りました。そして今、その任をまっとうしたことを、心から光栄に思います」

本懐を遂げた思いに満ち足りて、ロニーの顔には静かな喜びが滲む。

そのときふと、頭の中に以前リリアンが言ったことがよぎった。

『自分で自分の幸福を願わなくちゃ、生きてる意味がないわ』

思い出して、小さく笑う。自分は十分、自分の幸福を願って生きていたのだと気づいて。

やはりミレーヌとリリアンはどこか似ているのかもしれない。掛け値なしに他人の幸福を願える慈しみの心は尊く、王妃にふさわしいものなのだから。

ロニーはもう一度深くこうべを垂れると立ち上がってその場を去ろうとして、隣にかかっているギルバートの肖像画に目を留めた。

「……描き直させたほうがいいな」

飾られたときは凛然としたよい絵だと思ったけれど、改めて見ると冷たさを感じる。あの頃は過酷な争いの中にいたので仕方ないかもしれないが、今のギルバートの雰囲気からはかけ離れている気がした。

ロニーは回廊を戻りながら考えた。国王の肖像画はもっと穏やかで幸福な表情を描いたものがいい、と。

そのほうが隣のミレーヌの肖像画にも、いずれギルバートの隣に飾られるリリアンの肖像画にも、似合うような予感がした。

終

特別書き下ろし番外編

とろけすぎる蜜夜―国王陛下の初夜問題―

――人生でもっとも輝かしいとき、それはいつか？

この世に生を受けた日？　初めて自由を知ったとき？　……いや、違う。

リリアンと初めて出会った日？　再会した日？　それとも結婚式？　……どれも素晴らしいけれど、違う。

僕の人生でもっとも幸福に輝いている瞬間。それは今だ。――と、ギルバートは体の奥から湧き上がる感激に胸を震わせて思った。

「リリー、愛してる。……大丈夫だよ。優しくしてあげるから」

「うん。……痛くしないでね」

頬を染めながら上目遣いで自分を見つめてくるリリアンの姿に、ギルバートは今宵何度目かもわからない感動と幸福、そして欲情を覚える。

金とクリスタルでできた幾つものオイルランプがほのかな明かりで照らしているこの部屋は、国王夫妻の寝室だ。

そこに用意された双頭の鷲の彫像がついた巨大な四柱式寝台の上で、今ふたりはひとつに結ばれようとしている。

ギルバートとリリアンが婚約を交わしてから約一年。長い道のりを経てようやくふたりは今日結婚式を終え、そして新婚初夜を迎えようとしているのだ。

快晴の秋空のもと、ステルデン王国の若き国王と、彼に溺愛されている王妃の結婚式が盛大に行われた。その華々しさ、盛り上がりときたら歴代一とも言えるほどだった。

なにせギルバートが王位に就いてから国は資源大国として驚くほど豊かになっているのだ。諸外国とは次々に有益な協定を結び、ステルデンの貿易収支は右肩上がり、経済成長率は大陸一位という状態である。

当然国民の生活は豊かになり、貴族から庶民まで若き国王をたたえない者はいない。そんな国王陛下の待望の結婚式なのだ。国中がお祭り騒ぎで歓喜に沸いたのは言うまでもないだろう。

今日は大聖堂で式を執り行った後、王都でパレードが開かれた。

ダイヤと真珠と最高級のシルクで作られた純白の婚礼ドレスに包まれたリリアンの

姿はまばゆいほど美しく、ギルバートはもちろん、パレードに集まった国民たちをも魅了した。この日、ギルバートは彼女に何十回「綺麗だよ」と告げただろうか。

そしてようやく最愛の幼なじみが自分の妻になったことに、ギルバートは感激で胸を打ち震わせっぱなしなのであった。

けれど、彼が感激のピークを迎えるのはその夜である。

いわゆる——新婚初夜。

ギルバートはこの夜が訪れるのを一日千秋の思いで待ちわびた。それこそ、八年前、彼女に恋をした少年のときから。

リリアンには絶対に言えないが、彼女と一緒に暮らしていた少年の頃、ギルバートは彼女に欲情していた。いくら成長が遅く見た目が幼くとも、十二歳は十二歳だ。

激しい性衝動こそなかったものの、ともにベッドに入ったときなど、無防備なリリアンにキスの雨を降らせたいと何度思ったことか。

一緒に湯浴みをしたときには、ギルバートは十二歳にしてこの世には天国と地獄が同居する場所があるのだということを知った。あのとき全身全霊で〝無邪気でかわいいギルバート〟を演じきったことは、自分自身、今でも称賛に値すると思っている。

一途《いちず》な恋心とともに、リリアンのすべてに口づけたいという欲望もずっとかかえてきたのだ。

ましてや再会してからというもの、その渦巻く欲求がさらに激しくなったのは言うまでもない。成長したリリアンは昔の愛らしさはそのままに、清純な色香と蠱惑的すぎるバストを兼ね備えてギルバートの前に現れたのだから。

もはや我慢しろというほうが無理な話である。

ミルク色のスベスベした肌、ふわりとしたどこか甘い匂い、華奢なのに抱きしめればマシュマロのようにやわらかい体。

リリアンを大切に思うからこそ結婚まで貞操を守るつもりでいたが、どうしても我慢できず、ついついつまみ食いをしてしまったことも一度や二度じゃない。とくに嫉妬心を煽られたときなど、彼女の唇や肌にマーキングをしなくては気が済まなかった。

けれど。そんないじましい日々とも今日でお別れである。

リリアンを抱きたい。八年間抱いてきたその願いは、ようやく今夜叶うのだから。

「長かったなぁ……」

今までの軌跡を振り返り、ギルバートはついポロリとこぼしてしまう。

「え？　なにが？」

　ベッドの上で組み敷いていたリリアンが、キョトンとして聞いてきた。

「リリーをやっと抱けるって、感動してたんだよ。本当に今日まで長かった」

　返事をしながら、ギルバートは彼女の首筋に唇を這わせる。薄い夜着から覗く首筋は細く扇情的で、吸いつけばすぐに赤い痕がついた。

「あっ……」

　シーツの上で恥ずかしそうに身をよじるリリアンの姿が、ギルバートの目にたまらなく蠱惑的に映る。

「かわいい声。すごく欲情する。もっと聞かせてよ」

　こんなに大切な夜を急いで進めてしまうのはもったいないと思うのだが、もはやどうにも気持ちが抑えられない。

　自分の鼓動がドクドクと全身に響くのを感じながら、ギルバートはリリアンの夜着のリボンをほどいた。

　襟もとが開かれ、ランプに照らし出された艶かしい白さの胸もとがあらわになる。そのあまりに淫靡な光景に、ギルバートは目眩がしそうだった。

「綺麗だよ、リリー。……もっと見せて」

熱くてたまらない肺からハァっと短く息を吐き出し、開かれた襟もとに手を伸ばす。いよいよリリアンの豊かな双丘が眼前にさらされようというときだった。

「……ん？」

「……え？」

ギルバートは自分の顔に感じた奇妙な生ぬるさに、リリアンは胸もとに感じた生暖かい刺激に、そろってふたりは声をあげた。

そして次の瞬間。

「きゃあっ！　大変！　ギル、鼻血‼」

「え？　え、ええええっ⁉」

部屋に漂っていた甘くロマンチックな雰囲気は一気に吹っ飛んでいった。

リリアンの白い胸もとは点々と赤い血で汚れ、慌てて体を起こしたギルバートの手やガウンも鼻血に染まっていく。

「だ、大丈夫？　やだ、すごい量よ、大変！　誰かー！　ロニー！　セドリック！　来てちょうだい！」

ギルバートの端正な顔からボタボタと流れていく赤い滴に動転したリリアンは、扉に向かって大声で叫んだ。

「ちょっ……、大丈夫だから！　すぐ止まるから！　誰も来なくていいから！」

初夜が台無しになる予感に、ギルバートが滑稽なほど狼狽する。しかし彼の思い虚しく、夫婦の寝室には大声を聞きつけたロニーやセドリック、あげくには衛兵らまでもが飛び込んできた。

「どうされました、陛下⁉」

「何事ですか⁉」

いったいい彼らはどこに待機していたのだろう。すぐさま駆けつけてきた臣下らの忠実さが、今日ばかりは憎い。

「なんでもない！　いいからさっさと出ていけ！」

大声で命じるものの、真っ赤な血にまみれた君主の姿を見れば宰相も侍従長も気を動転させるというものだ。

「なっ⁉　大丈夫ですか陛下！　なぜそんなお怪我を！　すぐに傷をお見せください！」

「おい、急いで侍医を呼べ！」

もはや寝室はてんやわんやである。ギルバートは絶望を感じて泣きたくなってきた。

「ただの鼻血じゃないかぁ。騒ぎすぎだよ、リリー」

「すごい量なのよ、大丈夫じゃないわ。もし大変な病気だったらどうするの？」

血で汚れたギルバートの顔を布で拭いながら、リリアンは真剣な面持ちで言う。

いまだかつてないほど興奮していたせいか、はたまた晩餐で出された香辛料たっぷりの鹿肉の煮込みのせいだろうか。たしかに噴き出た鼻血は尋常じゃない量であった。

「お怪我ではないということで安心しましたが、リリアン様のおっしゃる通り、この鼻血の量は普通ではありません。すぐに侍医に検査していただきましょう」

「ひとまず、ここではなんですから陛下の寝室へ移動されましょう。あ、陛下は安静になさっててください。衛兵らに運ばせます」

過剰なほど心配したようすを見せる新妻と臣下らに向かって、もはやギルバートはあらがう気力をなくしていた。

「……もう勝手に検査でもなんでもしてくれ」

カッコ悪く鼻血まみれになり、寝室に大勢の部外者が乗り込んできたこの状態で、ロマンチックな初夜が再開できるはずがない。

「そうよ。ギルはこの国で一番大切な存在なんだから。万が一のことでもないように、細心の注意を払わなくっちゃいけないわ」

真剣に心配してくれているリリアンに力の抜けた笑みを向け、ギルバートはやけくそな気分で手を振りながら衛兵らの担架で運ばれていった。

結局。侍医の診断は『血圧の上がりすぎでしょう』というものだった。

何事もなくてよかったと胸をなで下ろす臣下らとは反対に、ギルバートはその情けない診断結果に頭をかかえる。

いくら初夜を指折り数え楽しみにしていたとはいえ、興奮のしすぎで鼻血を噴いて初夜が中止になりましたなど、イーグルトン王家歴代切っての大恥だ。

冷静になったロニーもさすがにこれはかわいそうだと思ったのか、従僕や衛兵らにこの事件は絶対口外するなと緘口令《かんこうれい》を敷くほどだった。

それでもギルバートの健康になにも問題がないことがわかり、リリアンは安心しながら彼を慰める。

「病気じゃなかったのなら、それでいいじゃない。結婚生活はまだ始まったばっかりよ。素敵な夜を過ごす機会はいくらでもあるわ」

初夜を台無しにしたあげくリリアンに慰められるなど、彼女の前ではカッコよくいたいギルバートとしてはたまらなく落ち込む出来事だった。

しかし、たしかにまだ結婚生活は始まったばかりである。今夜こそ挽回《ばんかい》してみせるぞと意気込み、ギルバートは結婚式典二日目の行事に挑んだ。

そうして、婚礼を祝う大規模な舞踏会を終えた後、ふたりは再び〝初めての夜〟に挑む。

今宵の晩餐では刺激の強い食べ物は避けた。体が興奮しすぎないように洗身には湯でなく冷たい水を使った。万全を期し、ギルバートは高鳴る胸をかかえながら夫婦の寝室へと向かった。

寝室ではすでにリリアンが夫の来るのを待っており、昨夜と同じく薄手の夜着に身を包んで恥ずかしそうにベッドに腰かけていた。

「リリー」

ギルバートは脇目もふらず彼女のもとへ向かう。

湯浴みを済ませほんのりと赤く染まった肌、鼻腔をくすぐる甘い香り、薄い夜着越しに見える体のライン。気を高ぶらせすぎないようにしようとしても、クリスタルランプに照らされる新妻の姿はあまりにも魅惑的で、鼓動が速まってしまうのを抑えきれない。

いつもはお姉さんぶったしっかり者の顔が、恥ずかしそうにモジモジと戸惑っているのもいい。

やっぱり自分の欲情を煽るのはこの世でリリアンだけだと思いながら、ギルバートはベッドに座っている彼女にキスをした。

「ギル、ん……ぅん、ん……っ」

呼びかけてくるかわいい声をもっと聞きたいと思うけれど、我慢できない。今すぐそのチェリーのような唇にキスをしなくては、頭がおかしくなりそうだった。

(リリー、かわいい。愛おしくてたまらない)

切ないほどの恋情が、どんどんと込み上がってくる。好きで好きで仕方のない気持ちを、どうしていいかわからないほどに。

高鳴る心音が全身に響き、頭が揺れるような錯覚さえした。口づけが媚薬《びやく》のように感じられ、酩酊《めいてい》しているみたいだ。

「ん、……っ、あ……」

「リリー。今夜こそ、きみを抱くよ」

唇を離し、伝う銀糸を親指で拭いながら宣言する。ギルバートを映すリリアンの瞳が、甘く恍惚《こうこつ》とした色を浮かべた。

しかし。

「……あら?」

うっとりとしていたすみれ色の目が、パチパチとまばたきを繰り返し大きく見開かれた。

「……なに？」

嫌な予感に、ギルバートの心臓がドキリと鳴った。

「ギル、なんだか顔が赤くない？　……ちょっといい？」

そう言って伸ばされたリリアンの手が、前髪をめくっておでこに触れてくる。そして次の瞬間、彼女は顔を引きつらせるとギルバートを無理やりベッドに押し込め、扉に向かって大声で呼びかけた。

「誰か来て！　ギルがすごい熱なの！」

「えぇぇえっ⁉」

ギルバートはベッドに寝かされた体を跳び起こした。我が妻はなにを言っているんだと、頭が混乱に陥る。

「リリー、なに言ってるんだよ！　僕は熱なんて――」

言いかけたところで、クラっと視界が回った。自分の意志とは裏腹に、体がベッドへ倒れ込んでしまう。恐る恐る自分の額に手を当ててみたら、驚愕するほどの熱さを感じた。

「どうされました、陛下!?」

「何事ですか!?」

慌てた面持ちで部屋に駆けつけてきたロニーとセドリックを見て、ギルバートは既視感《デジャヴ》に襲われる。もう嫌な予感しかしない。

そうして、昨日の繰り返しのようなやりとりをした後、今夜もギルバートは本懐を果たせず担架に乗せられて運ばれていったのであった。


「心因性発熱ですね。子どもが出す知恵熱のようなものです」

侍医の診断を聞いて、ギルバートは深く頭をかかえた。隣で懸命に笑いをこらえているロニーに、軽く殺意が湧く。

鋭利な槍先のような主君の鋭い視線を感じて、ロニーはコホンと小さく咳払いをすると表情を引きしめ直して口を開いた。

「つまり、昨夜といい今夜といいギルバート様が初夜を期待しすぎたせいで神経に負荷がかかり、鼻出血や発熱を引き起こした、と」

「さようでございます。人間というものは気持ちが大きくなりすぎると体に影響を及ぼすものですから。あまり気負わず、リラックスされるのが一番でしょう」

ロニーと侍医との会話を聞きながら、ギルバートは大きなため息をつく。

初夜を期待しすぎるなと言われても無理な話だ。

八年間、我ながら健気《けなげ》だと思うほどに一途にリリアンのことを思ってきたのだから。

自慢じゃないがほかの女を抱いたこともない。王家にはつきものの性処理係を必要としたこともなければ、夜会などで引く手あまたの女の誘いに乗ったことも皆無だ。

つまり夫婦の初夜であるとともに、ギルバートにとっては初体験でもあるのだ。興奮を抑えろというほうが無理である。

「神様って本当にいるのか……？」

ギルバートは頭をかかえてうなだれる。一途にひとりの女を愛することは尊いはずなのに、こじらせすぎた結果、結ばれることが叶わなくなるとは。あまりの無慈悲にもはや神を尊ぶ気持ちすらうせてしまいそうだ。

幼少の頃から類まれなる才能とたゆまぬ努力でなにもかもを人並み以上にこなしてきた主君が、初めて難儀に頭をかかえているのを見て、ロニーも腕を組んで眉間にしわを寄せる。

「要はギルバート様が気持ちを高ぶらせすぎなければよいわけですから……目隠しを

されてみてはどうですか？　リリアン様のお姿が見えなければ、多少興奮も治まるのでは」

「残念だが初夜に妻の顔を見ずに抱くほど僕は人でなしじゃない。ついでに言えば、目隠しされて喜ぶような性癖も僕にはない」

　ロニーのあまりにもくだらない提案に、ギルバートの頭がズキズキと痛みだす。ただでさえささくれ立っている心をこれ以上荒立てないでほしい。

「それでは奥の手ですが、性的興奮を抑える秘薬を用いられますか。少量であれば、ギルバート様の異常な興奮と相まって、そこそこのほどよい興奮に留めることができるはずです……おそらく」

「ふざけるな！　そんな得体のしれない薬を使って、もしも一生使いモノにならなくなったらどうしてくれるんだ！」

　前代未聞の〝国王興奮しすぎ問題〟にはキレ者の宰相も苦戦し、結局まともな打開策も出ないまま三日目の夜になってしまったのだった。


　リリアンは考えていた。

　果たして自分は夫のためになにをしてあげるべきなのかと。

ギルバートのおとといの鼻出血も、昨夜の発熱も、病気ではなく興奮のしすぎが原因だという報告は受けた。

彼の体に異常がなかったことには心底安堵したが、新しい悩みの種ができてしまったのも確かだ。

結婚祝賀式典三日目の今日、ギルバートの振る舞いはいつもと同じように見えたけれども、実はものすごく落ち込んでいるとロニーがリリアンにこっそり教えてくれた。

リリアンも現状をこのままでいいとは思っていない。

リリアンのことが大好きすぎる彼は、きっと何回挑んでも同じ体の異常を引き起こすだろう。むしろ日数を重ねれば重ねるほど『今夜こそ成功させなければ』という重圧がかかり、余計にうまくいかなくなるかもしれない。

新妻である自分こそがなんとかしてあげなければと、リリアンは強く責任を感じていた。しかし。

(私だって初めてなんだもの。男の人の興奮をどうしてあげればいいかなんて、見当もつかないわ)

打開策などなにひとつ浮かばずに、リリアンは湯浴み後の肌の手入れをされながら顔をしかめて悩んでいた。

る。

「どうかされましたか、妃殿下？　どこかお体の具合でも？」

髪に櫛を通していた侍女が、悩ましい面持ちのリリアンを見て心配そうに尋ねてくる。

「あ、なんでもないの。ええと、気にしないで」

まさか初夜が失敗続きで悩んでいるなどと言えない。リリアンは慌てて侍女に笑顔を向けて、取り繕ってみせた。

「それならよろしいのですが。もしお疲れでしたら、なにか飲み物でも運ばせましょうか？　冷えたシェリーかシャンパン、あるいは甘いレモネードでも」

気遣いを見せる侍女の言葉に、リリアンはハッとして顔を上げる。

（そうだわ、それならきっと……！）

そしてドレッサーの前のチェアから立ち上がると、侍女たちに急いで幾つかのことを命じた。


時計の針が二十三時を回った頃。

寝室の扉がノックされ恭しく衛兵が開いた扉からギルバートが入ってきた。

今日もベッドに座って待っていたリリアンは顔を上げてそちらを見やる。

冷静さを心がけているのだろう、ギルバートはおとといや昨夜のようにはしゃいでいるようすがない。深く呼吸をしながら、ゆっくりとした足取りで室内に進み入ってきた。ところが。

「ん？　……どうしたの、リリー」

ベッドに腰かけているリリアンの姿を見て、彼は目をしばたたいた後不安そうに眉をひそめた。

昨夜までの薄い夜着姿ではなく、今夜のリリアンはナイトガウンを着ている。しかも手にはなぜか本まで持って。

「……僕のこと、あきれちゃった……？」

ギルバートが不安げにそう尋ねたのも無理はないだろう。欲を煽るような姿でモジモジと夫を待ちわびていた昨夜までの姿と違い、今日の彼女は夜の営みをあきらめてしまったように見えたのだから。

しかし、リリアンはにっこりと微笑むと手招きで彼を呼んだ。

そして眉尻を下げたまま戻せないでいるギルバートを隣に座らせると、手に持っていた本の表紙を見せてきた。

「これ、覚えてる？　『竜とお姫様の物語』。ギル、好きだったわよね」

「え？」

ギルバートは目をまん丸く開いて何度もまばたきを繰り返す。それも当然だ、リリアンが手にしているのは子どもが読む絵本なのだから。

「それともこっちがいい？　『妖精の国』。これは私のお気に入りだったわね」

サイドボードにはまだ数冊の本が置いてあり、リリアンはその中からさらにもう一冊を手に取って見せた。

「え？　どういうこと、リリー？」

意味のわからないギルバートが不思議そうに聞いたときだった。寝室の扉がノックされ、リリアンが「どうぞ」と答えると、ひとりの侍女がトレーにふたつのカップをのせて入室してきた。

それを受け取ったリリアンが、カップをひとつギルバートに手渡す。ふわりと優しい湯気の立ち上るそれは、蜂蜜とラムの入ったホットミルクだった。

キョトンとしてカップを見つめているギルバートに、リリアンは穏やかに微笑んだ顔を向ける。

「今日はね、一緒に甘いミルクを飲んでギルの好きな絵本を読んであげるわ。いつも立派な王様としてがんばってるギルにご褒美よ」

ようやくリリアンがなにをしようとしているのか理解したギルバートは、うれしいとも悲しいともつかない複雑な表情を浮かべる。

そんな彼に安心させるようなキスを頬にひとつ落として、リリアンは言葉を続けた。

「ギルが私のことすごく好きでいてくれるの、うれしく思ってる。だからね、もっと私たちらしくいきましょう？　一番自然なままのギルで、私を……その……あ、愛して？」

果たしてこれが最善なのかはわからない。けれど、自分たちにはきっとこんな夜のほうが似合っている気がした。

薄暗い寝室でロマンチックな愛をささやきながら情熱的に体を結ぶだけが初夜じゃない。甘くて優しいホットミルクのような初夜があったって、きっといいはずだ。

「リリー……」

頬を染めたギルバートが、少しだけ泣きだしそうな声で呼びかける。けれども彼はパッと少年のような笑顔になると、うれしそうに頬に口づけてきた。

「大好きだよ、リリー。ホットミルクより、ブランマンジェより、大好きだ」

まるで甘える犬のようにすり寄り、何度も頬にキスを落とすギルバートに、リリアンは肩をすくめてクスクスと笑う。

「くすぐったいわ、ギル。ほら、ミルクがこぼれちゃう。温かいうちに飲みましょう」

そうしてふたりは甘いミルクを飲み、じゃれ合うようにベッドに潜りながらくっつき合って絵本を眺めた。

「懐かしいな。僕、竜がお姫様を背に乗せて飛ぶこの場面が大好きだったんだ」

「そう、そう。何度もここ読んでってせがまれたの覚えているわ。本当に好きだったのよね」

「真似っこしようって言って、ベッドで寝そべった僕の背中にリリーをのせたの覚えてる？」

「もちろん。こんなふうにしてはしゃいだわよね」

楽しそうな笑い声をあげて、リリアンはうつぶせているギルバートの背に自分の体を重ねた。

「あはは、リリーってば重いよ」

ギルバートもうれしそうに笑って、わざと足をジタバタと動かしてみせる。

「重くないわ。失礼ね」

頬を膨らませたリリアンが彼の首にぎゅっと腕を絡ませれば、「嘘。全然重くないよ」と言って体をくるんとひっくり返したギルバートに組み敷かれる形になってしまった。そしてチュッとすばやく唇を重ねられる。

「甘くておいしい。ミルクの味がする」

「今ホットミルクを飲んだからでしょ。ギルの唇だって甘いわ」

「違うよ。リリーは唇も肌も、全部甘いんだ。ほら」

そう言ってギルバートは、唇に、頬に、首筋に、キスを落としていった。

「ふふ、くすぐったい」

くすぐったがりながらもリリアンは彼の頭を抱き寄せ、ふわふわとしたやわらかな癖っ毛に指を絡めていく。

「リリーはくすぐったがり屋だね」

いたずらっぽく耳たぶや鎖骨に口づけながら、ギルバートの手はだんだんとリリアンのガウンを剥いでいった。やがて白くて豊満な双丘があらわになり、そこにも優しく口づけられる。

「唇も甘かったけど、ここがリリーの体で一番甘いかな」

「もう、ギルのエッチ」

頬を染めて笑いながらも、リリアンは彼がありのままの姿でいることに安心していた。

――こうして。

子どもの頃のようにじゃれ合いながら、ふたりはゆっくりと肌を重ね合い、無事に結ばれた。

ギルバートにとっては思い描いていた初夜とはだいぶ違う形になったけれど、彼が人生で一番輝かしい時間を過ごしたことは言うまでもない。

こうして、お互いにありのままの姿で心も体も結ばれ、国王夫妻の閨《ねや》問題は無事に解決したのであった。――ただし。リリアン王妃にひとつだけ新たな悩みを残して。

初夜から一ヶ月後。

夜の二十三時になると、国王夫妻の寝室には続々とクリームやジャム、ソースやシャーベットなど甘味が運ばれてくるのが毎日の光景となっていた。

「昨日はチョコソースだったたんだよね。じゃあ今日はフランボワーズジャムにしようかな」

「……今夜もするの？」

「もちろん。だって、自然なままの僕で愛してほしいって言ったのはリリーだからね」

ニコニコと上機嫌な笑顔を浮かべながら、ギルバートは硝子の器に入れられたジャムを指ですくう。そしてそれをリリアンの頬にペタッとつけると、うれしそうに自分の舌で舐め取るのだった。

「うん、おいしい。やっぱりどんな菓子よりリリーのほうが甘くてやわらかくて最高だね」

「もう、人をおやつみたいに言って」

「うん。リリーは僕のおやつでデザートでメインディッシュだから」

そう言いながらギルバートは今度はリリアンの指に蜂蜜を絡め、それを艶かしく舌で舐め取っていく。そんな夫の姿に、リリアンは彼のわがままを許容しすぎたことを少々後悔するのであった。

ありのままの姿でじゃれ合いながら肌を重ねる行為は、日を追うごとにエスカレートしていった。

最初はホットミルクを飲み絵本を読んでいただけだったが、そのうち昔のようにともに湯浴みをして行為に及ぶようになった。さらに彼は食べさせ合いっこと称してベッドに甘いものを用意させ、このようにリリアンの肌にクリームやジャムをつけてはそれを舐めて遊びながら、行為へともつれ込むのだ。

（もしかしてギルって……少し変態？）

思いをこじらせすぎて、なにやらおかしな方向に目覚めてしまったのだろうか。リリアンはそんな気がしてならない。

すると、彼女の指から蜂蜜を綺麗に舐め取ったギルバートが、今度は自分の指にベリーソースをつけて目の前に差し出してきた。

「はい、あーん。リリーも僕のこと食べて」

楽しそうな口調は幼なじみの頃と変わっていないあどけないものだ。けれどブルーの瞳には誘惑と情欲が色濃く滲み、リリアンをまっすぐに見つめている。

この瞳に射すくめられると、リリアンは逃げられなくなってしまう。素直に従って差し出された指におずおずと舌を伸ばせば、目の前の顔が妖艶な笑みを浮かべた。

「いい子だね。上手だよ」

満足そうに言って口に含んだ指をいたずらに動かすギルバートを見ていると、まさか最初から変態行為に持ち込むための計算だったのだろうかと思えてくる。

(やっぱり、ギルってよくわからないわ)

男らしく頼りがいのある彼と、昔のままのかわいくて守ってあげたくなる彼。その境目がどこにあるのか、妻となった今でもリリアンは時々わからなくなる。

けれど、ただひとつ絶対に間違いないのは。

（——まあ、いいか。どちらにしろ、ギルが私のことを大好きなのは変わらないものね）

ギルバートは八年前から今この瞬間まで、リリアンのことを世界で一番愛している。それだけは疑いようもない真実なのだ。

（困った子。でも大好きよ、ギル）

カッコいい彼も、ちょっと情けない姿も、アブノーマルな笑顔さえも、ギルバートならばすべてが愛おしいとリリアンは思う。

そして、そんな彼のすべてを受け入れたくて仕方ない自分も、彼に負けないくらい好きな気持ちをこじらせているな、と、ベリーソースに濡れた唇でキスをしながら思った。

終

あとがき

こんにちは。桃城猫緒です。このたびは『王宮メロ甘戯曲　国王陛下は独占欲の塊です』をお手に取っていただき、どうもありがとうございます！　おしゃまな幼なじみリリーと腹黒天使ギルのロイヤルロマンス、いかがでしたでしょうか？

今回の作品は「かわいいけどめっちゃ腹黒でエロいヒーローがとにかく書きたい！」という熱い気持ちで執筆いたしました。

リリアンの前では子犬のように甘えん坊になってしまうギルバートですが、その甘え方がいちいちエロくさいことに気づいていただけたでしょうか……？　（特にアスパラガスの場面とか、もう下ネタレベルなんですが（笑）。

番外編を読んでいただくとわかるかと思うのですが、もうギルの頭の中はリリーとイチャイチャちゅっちゅしたい願望でいっぱいです。それを天使のように無邪気な仮面で隠しながら甘えて、隙あらばリリアンの顔やら手やら舐めてくるギルバートのことを、私は「エロ天使」だとか「ペロペロ陛下」と心の中で愛を込めて呼んでおります。すごくお気に入りのキャラです。

そんなひと癖あるヒーローと、彼に翻弄されまくるヒロインですが、作品を読まれた皆様にも気に入っていただけたらうれしく思います。

さて、今回の表紙は以前『イジワル上司と秘密恋愛』(ベリーズ文庫)でもお世話になりました北沢きょう様です。今回も素敵な表紙を描いていただけて幸せです。どうもありがとうございました! 前作よりお世話になっております担当の鶴嶋様、今回もどうもありがとうございました。ヤンデレ推しのアドバイス、感謝です! 編集協力の佐々木様、丁寧なご指示どうもありがとうございました。おかげさまでギルバートのイケメン度がだいぶ上がりました。そして、デザイン、販売などなどこの本に携わってくださったすべての方に、この場をお借りしてお礼申し上げます。どうもありがとうございました。

最後に、この本を読んでくださった方といつも応援してくださるファンの方へ。心からの感謝を込めて、どうもありがとうございました!

この本があなたに胸キュンな時間をもたらしますように。

※今回もベリーズカフェ様のサイトでおまけの番外編を公開しております。よろしかったら、そちらもぜひ見てくださいね。

桃城猫緒《ももしろねこお》

桃城猫緒先生への
ファンレターのあて先

〒104-0031
東京都中央区京橋1-3-1
八重洲口大栄ビル7F
スターツ出版株式会社　書籍編集部　気付

桃城猫緒先生

本書へのご意見をお聞かせください

お買い上げいただき、ありがとうございます。
今後の編集の参考にさせていただきますので、
アンケートにお答えいただければ幸いです。

下記URLまたはQRコードから
アンケートページへお入りください。
http://www.berrys-cafe.jp/static/etc/bb

王宮メロ甘戯曲　国王陛下は独占欲の塊です

2017年10月10日　初版第1刷発行

著　者　桃城猫緒
©nekoo momoshiro 2017
発行人　松島 滋
デザイン　hive & co.,ltd.
校　正　株式会社　文字工房燦光
編集協力　佐々木かづ
編　集　鶴嶋里紗
発行所　スターツ出版株式会社
〒104-0031
東京都中央区京橋1-3-1　八重洲口大栄ビル7F
TEL　販売部　03-6202-0386（ご注文等に関するお問い合わせ）
URL　http://starts-pub.jp/
印刷所　大日本印刷株式会社

Printed in Japan

乱丁・落丁などの不良品はお取替えいたします。
上記販売部までお問い合わせください。
定価はカバーに記載されています。

ISBN 978-4-8137-0335-8　C0193

ベリーズ文庫 好評の既刊

書店店頭にご希望の本がない場合は、
書店にてご注文いただけます。

『鬼社長のお気に入り!?』

夢野美紗《ゆめのみさ》・著

ワケあって会社を辞めた愛理は、バーで知り合った爽やかイケメンに「うちの会社に来なよ」と勧誘され、再就職することに。実は彼はカリスマデザイナーの八神だった！ 採用が決まった途端、意地悪く豹変した彼にこき使われる日々だけど、ある日突然、甘くキスされて…!?

ISBN978-4-8137-0283-2／定価：本体650円＋税

『意地悪同期にさらわれました！』

鳴瀬菜々子《なるせななこ》・著

インテリアデザイナーの秋穂と、社内人気No.1のモテ男で仕事も完璧な同期・東吾はケンカばかりのライバル関係。でもお互い苦手な相手からのアプローチを阻止するため、恋人同士を装うことに。演技なのに、彼が秋穂に突然熱いキス！ 秋穂の心は乱され…!?

ISBN978-4-8137-0284-9／定価：本体640円＋税

『クールな上司とトキメキ新婚!?ライフ』

北条歩来《ほうじょうあゆら》・著

25歳で男性経験なしの地味OLの結衣。失恋して仕事が手につかずにいたら、敏腕イケメン部長・千堂から「俺の家で暮らせ」と強引に同居させられることに。仕事のための擬似恋人生活なのに、優しく抱きしめたり独占欲を見せてくる彼に翻弄されっぱなしで……!?

ISBN978-4-8137-0280-1／定価：本体640円＋税

『寵姫志願!? ワケあって腹黒皇子に買われたら、溺愛されました』

一ノ瀬千景《いちのせちかげ》・著

姉の代わりに娼館へと身売りされたリディアは、天真爛漫なお転婆娘。「目指すは皇帝陛下の寵姫よ」と大きな野望を抱いていた。さっそく上客である近衛騎士団長に見請けを志願すると、なんとあっさり承諾。ところが、彼はある密約をリディアに持ちかけてきて!?

ISBN978-4-8137-0285-6／定価：本体620円＋税

『冷徹なカレは溺甘オオカミ』

春川《はるかわ》メル・著

OLの柊華28歳は、誰もが振り返る綺麗系美人。にもかかわらず恋愛経験はゼロ。この秘密を後輩の無表情なイケメン・印南に知られ、その勢いでバージンをもらうよう業務命令を下してしまう。すると「あなたの“お願い”なら、なんでも聞きますよ」と承諾され…!?

ISBN978-4-8137-0281-8／定価：本体650円＋税

『王太子殿下は囚われ姫を愛したくてたまらない』

pinori《ぴのり》・著

王女であるクレアは、第三王妃だった亡き母が平民であることから、他の王族から疎まれ、城の塔に幽閉されていた。ところがある日、王宮が隣国に襲われ、クレアは謎のイケメン騎士にさらわれてしまう。気づけば、大事に扱われ甘く迫ってくる彼に翻弄されて…。

ISBN978-4-8137-0286-3／定価：本体630円＋税

『イジワル副社長の溺愛にタジタジです』

佐倉伊織《さくらいおり》・著

化粧品会社で働くすみれ。入社以来、売り場を担当していたが、社長の息子・慶太郎の副社長就任をきっかけに、なぜか彼の秘書に抜擢されてしまった！　ことあるごとに、いたずらっぽく、甘く迫る慶太郎に、すみれは真意がわからないまま翻弄されて…!?

ISBN978-4-8137-0282-5／定価：本体640円＋税

『副社長とふたり暮らし＝愛育される日々』

葉月《はづき》りゅう・著

貧乏OLの瑞香は地味で恋愛経験もゼロ。でもクリスマスの日、イケメン副社長・朔也に突然デートに連れ出され「もっと素敵な女にしてやりたい」とおしゃれなドレスや豪華なディナーをプレゼントされ夢心地に。さらに不測事態発生で彼と同居することになり…！

ISBN978-4-8137-0299-3／定価：本体640円＋税

ベリーズ文庫 好評の既刊

書店店頭にご希望の本がない場合は、書店にてご注文いただけます。

『次期社長の甘い求婚』

田崎《たさき》くるみ・著

大手企業で働く美月は、とある理由で御曹司が大嫌い。でも社長のイケメン息子、神に気に入られ、高級料亭でもてなされたりお姫様抱っこされたりと、溺愛アプローチされまくり!?　嫌だったのに、軽そうに見えて意外に一途な彼に、次第にキュンキュンし始めて…？

ISBN978-4-8137-0300-6／定価：本体640円＋税

『肉食系御曹司の餌食になりました』

藍里《あいさと》まめ・著

地味OLの亜弓は、勤務先のイケメン御曹司・麻宮に、会社に内緒の"副業"を見られてしまう。その場は人違いとごまかしたものの、紳士的だった麻宮がその日から豹変！甘い言葉を囁いたりキスをしてきたり。彼の真意がわからない亜弓は翻弄されて…!?

ISBN978-4-8137-0296-2／定価：本体630円＋税

『寵愛婚－華麗なる王太子殿下は今日も新妻への独占欲が隠せない』

惣領《そうりょう》莉沙《りさ》・著

第二王女のセレナは、大国の凛々しい王子テオに恋をするが、彼はセレナの姉との政略結婚が決まってしまう。だけどなぜか彼はセレナの元を頻繁に訪れ、「かわいくて仕方がない」と甘く過保護なまでに溺愛してくる。そんなある日、突然結婚の計画に変更が起きて…!?

ISBN978-4-8137-0302-0／定価：本体650円＋税

『溺愛副社長と社外限定!?ヒミツ恋愛』

紅《くれない》カオル・著

ホテルで働く美緒奈は女子力ゼロのメガネOL。けれど、友人のすすめで、ばっちり着飾り、セレブ船上パーティーに参加することに。そこで自分の会社の副社長・京介に出会うが、美緒奈はつい名前も素性も偽ってしまう。けれどそのままお互い恋に落ちてしまって…。

ISBN978-4-8137-0298-6／定価：本体630円＋税

『ポンコツ王太子と結婚破棄したら、一途な騎士に溺愛されました』

灯乃《とうの》・著

人質まがいの政略結婚で、隣国の王太子へ嫁いだ公爵令嬢ユフィーナ。劣悪な環境でも図太く生きてきたが、ついに宮中で"王太子妃暗殺計画"が囁かれ出す。殺されるなんて冗談じゃない！と王太子妃がまさかの逃亡!?　そして、愛する幼なじみの騎士と再会をして…。

ISBN978-4-8137-0301-3／定価：本体620円＋税

『イジワル御曹司のギャップに参ってます！』

伊月《いづき》ジュイ・著

男性が苦手なOL光子は、イケメン御曹司だけど冷徹な氷川が苦手。でもある日、雨に濡れたところを氷川に助けられ、そのまま一夜をともにすることに!?　優しい素顔を見せてきて、甘い言葉を囁く氷川。仕事中には想像できない溺愛っぷりに光子は翻弄されて…!?

ISBN978-4-8137-0297-9／定価：本体630円＋税

ベリーズ文庫
好評の既刊

書店店頭にご希望の本がない場合は、
書店にてご注文いただけます。

『エリート上司の甘い誘惑』

砂原雅音《すなはらのいず》・著

OLのさよは、酔い潰れた日に誰かと交わした甘いキスのことを忘れられない。そんな中、憧れのイケメン部長・藤堂が意味深なセリフと共に食事に誘ってきたり壁ドンしてきたり。急接近してくる彼に、さよはドキドキし始めて…。あのキスの相手は部長だったの…？

ISBN978-4-8137-0316-7／定価：本体630円+税

『クールな御曹司と愛され政略結婚』

西《にし》ナナヲ・著

映像会社で働く唯子は、親の独断で政略結婚することに。その相手は…バージンを捧げた幼馴染のイケメン御曹司だった!?　今さら愛なんて生まれるはずがないと思っていたのに「だって夫婦だろ？」と甘く迫る彼。唯子は四六時中ドキドキさせられっぱなしで…!?

ISBN978-4-8137-0317-4／定価：本体640円+税

『スパダリ副社長の溺愛が止まりません！』

花音莉亜《かのんりあ》・著

設計事務所で働く実和子が出会った、取引先のイケメン御曹司・亮平。彼に惹かれながらも、住む世界が違うと距離を置いていた実和子だったが、亮平からの告白で恋人同士に。溺愛されて幸せな日々を過ごしていたある日、亮平に政略結婚の話があると知って……!?

ISBN978-4-8137-0313-6／定価：本体620円+税

『国王陛下は無垢な姫君を甘やかに寵愛する』

若菜《わかな》モモ・著

王都から離れた島に住む天真爛漫な少女・ルチアは、沈没船の調査に訪れた王・ユリウスに見初められる。高熱で倒れてしまったルチアを自分の豪華な船に運び、手厚く看護するユリウス。優しく情熱的に愛してくれる彼に、ルチアも身分差に悩みつつ恋心を抱いていき…!?

ISBN978-4-8137-0318-1／定価：本体640円+税

『俺様副社長のとろ甘な業務命令』

未華空央《みはなそらお》・著

外資系化粧品会社で働く佑月25歳。飲み会で泥酔してしまい、翌朝目を覚ますと、そこは副社長・高宮の家だった…！　彼から「昨晩のことを教えるかわりに、これから俺が呼び出したら、すぐに飛んでこい」と命令される佑月。しかも頷くまで帰してもらえなくて…!?

ISBN978-4-8137-0314-3／定価：本体630円+税

『寵妃花伝　傲慢な皇帝陛下は新妻中毒』

あさぎ千夜春《ちよはる》・著

村一番の美人・藍香は、ひょんなことから皇帝陛下の妃として無理やり後宮に連れてこられる。傲慢な陛下に「かしずけ」と強引に迫られると、藍香は戸惑いながらも誠心誠意お仕えしようとする。次第に、健気な藍香の心が欲しくなった陛下はご寵愛を加速させ…。

ISBN978-4-8137-0319-8／定価：本体640円+税

『御曹司と溺愛付き!?ハラハラ同居』

佐倉伊織《さくらいおり》・著

25歳の英莉は、タワービル内のカフェでアルバイト中、同じビルにオフィスを構えるキレモノ御曹司、一木と出会う。とあるトラブルから彼を助けたことがきっかけで、彼のアシスタントになることに！　住居も提供すると言われついていくと、そこは一木の自宅の一室で…!?

ISBN978-4-8137-0315-0／定価：本体640円+税

『次期社長と甘キュン!?お試し結婚』

黒乃《くろの》 梓《あずさ》・著

祖父母同士の約束でお見合いすることになった晶子。相手は自社の社長の孫・直人で女性社員憧れのイケメン。「すぐにでも結婚したい」と迫られ、半ば強引にお試し同居がスタート。初めは戸惑うものの、自分にだけ甘く優しい素顔を見せる彼に晶子も惹かれていき…!?

ISBN978-4-8137-0332-7／定価：本体650円+税

ベリーズ文庫
2017年10月発売

書店店頭にご希望の本がない場合は、書店にてご注文いただけます。

『溺あま御曹司は甘ふわ女子にご執心』

望月《もちづき》いく・著

ぽっちゃり女子の陽芽は、就職説明会で会った次期社長に一目ぼれ。一念発起しダイエットをし、見事同じ会社に就職を果たす。しかし彼が恋していたのは…ぽっちゃり時代の自分だった!?「どんな君でも愛している」――次期社長の規格外の溺愛に心も体も絆されて…。

ISBN978-4-8137-0333-4／定価：本体630円+税

『イジワル社長は溺愛旦那様!?』

あさぎ千《ち》夜《よ》春《はる》・著

イケメン敏腕社長・湊の秘書をしている夕妃。会社では絶対に内緒だけど、実はふたりは夫婦！　仕事では厳しい湊も、プライベートでは夕妃を過剰なほどに溺愛する旦那様に豹変するのだ。甘い新婚生活を送る夕妃と湊だけど、ふたりの結婚にはある秘密があって…？

ISBN978-4-8137-0329-7／定価：本体640円+税

『王宮メロ甘戯曲　国王陛下は独占欲の塊です』

桃城猫《ももしろねこ》緒《お》・著

両親を亡くした子爵令嬢・リリアンが祖父とひっそりと暮らしていたある日、城から使いがやって来る。半ば無理やり城へと連行された彼女の前に現れたのは、幼なじみのギルバート。彼はなんとこの国の王になっていた!?　リリアンは彼からの執拗な溺愛に抗えなくて…。

ISBN978-4-8137-0335-8／定価：本体630円+税

『狼社長の溺愛から逃げられません！』

きたみ まゆ・著

美月は映画会社で働く新人OL。仕事中、ある事情で落ち込んでいると、鬼と恐れられる冷徹なイケメン社長・黒瀬に見つかり、「お前は無防備すぎる」と突然キスされてしまう。それ以来、強引なのに優しく溺愛してくる社長の言動に、美月は1日中ドキドキが止まらなくて…!?

ISBN978-4-8137-0330-3／定価：本体630円+税

『クールな伯爵様と箱入り令嬢の麗しき新婚生活』

小日向《こひなた》史煌《しおん》・著

伯爵令嬢のエリーゼは近衛騎士のアレックス伯爵と政略結婚することに。毎晩、寝所を共にしつつも、夫婦らしいことは一切ない日々。でも、とある事件で襲われそうになったエリーゼを、彼が「お前は俺が守る」と助けたことで、ふたりの関係が甘いものに変わっていき!?

ISBN978-4-8137-0334-1／定価：本体640円+税

『エリート上司の過保護な独占愛』

高田《たかだ》ちさき・著

もう「いい上司」は止めて「オオカミ」になるから――。商社のイケメン課長・裕貴は将来の取締役候補。3年間彼に片想い中の奥手のアシスタント・紗衣がキレイに目覚めた途端、裕貴からの独占欲が止まらなくなる。両想いの甘い日々の中、彼の海外勤務が決まり…!?

ISBN978-4-8137-0331-0／定価：本体630円+税

『落ちたのはあなたの中』

葉崎《はざき》あかり・著

Now Printing

OLの香奈は社内一のイケメン部長、小野原からまさかの告白をされちゃって!? 完璧だけど冷徹そうな彼に戸惑い断るものの、強引に押し切られ"お試し交際"開始! いきなり甘く豹変した彼に、豪華客船で抱きしめられたりキスされたり…。もうドキドキが止まらない!

ISBN978-4-8137-0349-5／予価600円＋税

ベリーズ文庫
2017年11月発売予定

書店店頭にご希望の本がない場合は、書店にてご注文いただけます。

『医局内恋愛は密やかに』

水守恵蓮《みずもりえれん》・著

Now Printing

医療秘書をしている葉月は、ワケあって"イケメン"が大嫌い。なのに、イケメン心臓外科医・各務から「俺なら不安な思いはさせない。四六時中愛してやる」と甘く囁かれて、情熱的なアプローチがスタート! 彼の独占欲剥き出しの溺愛に翻弄されて…!?

ISBN978-4-8137-0350-1／予価600円＋税

『初恋の続きは密やかに甘く』

真崎奈南《まさきなな》・著

Now Printing

千花は、ずっと会えずにいた初恋の彼・樹と10年ぶりに再会する。容姿端麗の極上の男になっていた樹から「もう一度恋愛したい」と甘く迫られ、彼の素性をよく知らないまま恋人同士に。だけど千花が異動になった秘書室で、次期副社長として現れたのが樹で…!?

ISBN978-4-8137-0346-4／予価600円＋税

『覚悟なさいませ、国王陛下 ～敵国王のご寵愛～』

真彩《まあや》-mahya-・著

Now Printing

敵国の王エドガーとの政略結婚が決まった王女ミリィ。そこで母から下されたのは「エドガーを殺せ」という暗殺指令! いざ乗り込むも、人前では美麗で優雅なのに、ふたりきりになるとイジワルに甘く迫ってくる彼に翻弄されっぱなし。気づけば恋…しちゃいました!?

ISBN978-4-8137-0351-8／予価600円＋税

『副社長は束縛ダーリン』

藍里《あいさと》まめ・著

Now Printing

普通のOL・朱梨は、副社長の雪平と付き合っている。雪平は朱梨を溺愛するあまり、軟禁したり縛ったりしてくるけど、朱梨は幸せな日々を送っていた。しかしある日、ライバル会社の令嬢が強引に雪平を奪おうとしてきて…!? 溺愛を超えた、束縛極あまオフィスラブ!!

ISBN978-4-8137-0347-1／予価600円＋税

『冷酷騎士団長は花嫁への溺愛を隠さない』

小春《こはる》りん・著

Now Printing

王女・ビアンカの元に突如舞い込んできた、強国の王子・ルーカスとの政略結婚。彼は王子でありながら、王立騎士団長も務めており、慈悲の欠片もないと噂されるほどの冷徹な男だった。不安になるビアンカだが、始まったのはまさかの溺愛新婚ライフで…。

ISBN978-4-8137-0352-5／予価600円＋税

『苦くて甘いルームシェア』

和泉《いずみ》あや・著

Now Printing

ストーカーに悩むCMプランナーの美織。避難先にと社長が紹介した高級マンションには、NY帰りのイケメン御曹司・玲司がいた。お見合いを断るため「交換条件だ。俺の恋人のふりをしろ」とクールに命令する一方、「お前を知りたい」と部屋で突然熱く迫ってきて…!?

ISBN978-4-8137-0348-8／予価600円＋税